「皆の者、本日はよく集まってくれたのじゃ！」
ルシラ＝エーヌビディア

「存在力は……5、か。
どうやってここまで上げたんだ？」
ネット＝
ワークインター
ウィンリーン＝
テミス

「え、えっと、それは、普通にモンスターと戦って、ですけど……」

「一人でか？」

「はい。一人で、です」

「一人で戦うことに、拘りがあったのか？」

「い、いいえ、そういうわけではなく……その……と、友達が、少なかったので……」

エクスゼール＝サリバン
アリス＝フェルドラント

「レーゼに、仲間という名の弱さを与えたのは、貴方です」

「……どういう意味だ」

「『白龍騎士団』が生まれた切っ掛けは、貴方ですよね。ネット＝ワークインター」

レーゼ＝フォン＝アルディアラ
セレン＝デュバリス

人脈チートで始める人任せ英雄譚 2

坂石遊作
illust:Noy

Contents

もくじ

プロローグ

毒魔龍の討伐から二週間が経過した頃。

宿屋・風龍の泉亭のベッドで目覚めた俺は、顔を洗い、着替えてから食堂に向かった。

「ネットさん。おはようございます」

「ああ、おはようリーシャ」

この宿で働く給仕の女性、リーシャと軽く会話する。

リーシャとは毎朝ほとんど同じ時間に顔を合わせるので、名を覚えられていた。加えて同い年なので、お互い話しやすい相手である。

ここは木造の古めかしい宿だが、とても居心地がいい。食事は美味《うま》いし、給仕の愛想も申し分なしだ。冒険者ギルドの常連たちにオススメの宿を聞いて正解だったと思う。エーヌビディア王国に滞在する間は、この宿で過ごすことになるだろう。

「今日も冒険者ギルドですか？」

「いや、今日は他のところだ」

「ネットさんって、ギルド以外にも色んなところへ顔を出していますよね。……何か他にも仕事をしているんですか？」

「まあ、そうだな。軽い雑用で稼がせてもらっているくらいだ」

「そうなんですね。……身体《からだ》に気をつけてくださいよ？　毎日忙しそうですから」

「これでもマシになった方だけどな」

毒魔龍の討伐を要求された時と比べれば……いや、一癖も二癖もある仲間と冒険していた時と比べたら、今はずっと楽な生活をしている。十分に睡眠が取れているだけでもありがたい。

「あ、そういえば先日、冒険者のザガンさんから伝言を預かっていまして。ダンジョン攻略のために前衛を一人紹介してくれないか、とのことです」

「分かった、後で返事をしておく。……ザガンか。あいつのスタイルに合う前衛なら、ウォレンかノクトだな」

パーティのメンバーを募集するなら、俺よりギルドに頼った方が早い気もするが、どうも最近この手の相談事が増えている。

悪い気はしない。こういう小さな積み重ねが、やがて頼もしい人脈となるのだ。

腹を満たした後、街に出る。

エーヌビディア王国は大国だ。その中枢である王都は、今日も朝から賑《にぎ》わっていた。

目的地へ向かう途中、雑貨店に寄る。

「いらっしゃい」

「新聞を一部くれ」

店主の男が「はいよ」と返事して、新聞を取り出した。

小銭を取り出しながら、店頭に陳列された品々をざっと眺める。

「気のせいなら申し訳ないが、品揃《しなぞろ》えが妙に偏っているな」

「ああ、分かるか。実は最近、文具を仕入れるルートがなくなっちまったんだ。探してはいるんだが……」

「よければ商人を紹介するぞ。丁度、明日この街を訪れるはずだ」

「ほ、ほんとか？　助かる！　お礼にその新聞は五割引きにしといてやるよ！」

いつもの半額で新聞を購入した俺は、店主に商人の名前と連絡先を伝えた。

そろそろ、仕事に向かわなくてはならない。

雑貨店を出て、舗装された石畳を真《ま》っ直《す》ぐ進むと、大きな城が見えた。

何度か話したことのある衛兵に軽く会釈して、城内に入る。顔パスしてもらえる程度には認知されているらしい。……それもそうか、毒魔龍を討伐する以前から、俺は何度かこの城に足を運んでいる。

「来たか」

小さな応接間に辿《たど》り着《つ》くと、青髪の騎士――メイルが微笑した。

その隣で紅茶を飲んでいた銀髪の少女も、カップをテーブルに置き、俺の方を見る。

「待っていたのじゃ、ネット！」

「悪いルシラ。少し遅れた」

「よい。ネットのことじゃ、どうせまた人助けをしていたんじゃろう」

なかなか肯定しにくい言葉だったので、俺は苦笑して誤魔化した。

傍《はた》から見れば人助けかもしれない。

しかし、やはり俺の中ではただの自己満足に過ぎないことだ。

「前にも言ったが、城に泊まってもいいんじゃぞ？　なにせお主は、妾《わらわ》とこの国の恩人じゃからな」

「気持ちは嬉《うれ》しいが遠慮しておく。……宿の方が落ち着くんだ。これでも冒険者だからな」

そう言うと、ルシラは「そうじゃったな」と笑った。

「さて、それじゃあ会議を始めるか」

壁際にある置き時計を一瞥《いちべつ》して言うと、ルシラは楽しそうに頷《うなず》いた。

「うむ。お題は、勇者パーティ選抜試験の内容じゃ」

◆

毒魔龍を倒したエーヌビディア王国は、様々な余裕ができた。中断していた幾つかの国交は回復し、毒魔龍の監視に注いでいた力も今は他の分野に割くことができる。

勇者パーティの結成は、その最たる例だ。

だからこそ慎重に行わなくてはならない。これは、毒魔龍という脅威から脱したエーヌビディア王国が、新たな時代を築くための一歩なのだ。

「前回は他国の勇者パーティについて、ネットからひたすら話を聞いたな。しかし結局、勇者パーティの特色はケースバイケースだった」

「まあ、そうだな。国によって勇者に相応《ふさわ》しい身分や価値観は違う」

メイルの言葉に俺は頷いて言う。

突如、この世界に現れた魔王と呼ばれる存在は、無数のモンスターを従えて人類を脅かしている。勇者パーティは、これに抗《あらが》うために各国が派遣している戦士たちだ。

パーティの人数は多くても七人、一国につき派遣できるのは大体一パーティまでだ。別にそういうルールがあるわけではないが、勇者パーティは世界中を旅するため、小回りが利き、かつ費用が嵩《かさ》みすぎない人数であることが好ましい。勇者パーティに人員を割きすぎると、国の軍備が手薄になってしまうというのも理由の一つである。

それに……頭数を揃えたところで、魔王の前では役に立たない。

魔王や、魔王が従えるモンスターは尋常でなく強いため、腕利きの冒険者ですら歯がたたないのが実情である。故に勇者パーティとは、一握りの強者だけが背負うことを許される、国の代表と言っても過言ではない栄誉なのだ。

もっとも、ただ強ければいいというものでもない。勇者パーティは国を代表して魔王討伐の旅に出るため、多くの国民たちに支持される必要がある。

俺がいたインテール王国では、冒険者が勇者になっても批難されることはなかった。しかし例えばこの国に隣接している皇国は、礼節と血統を重んじるため、叩《たた》き上《あ》げの冒険者ではなく正しい教育と訓練を受けた騎士が勇者パーティのメンバーを務めている。

勇者パーティの特色は国によって異なった。

「今一度訊《き》くが、二人は勇者にどんな能力を求めているんだ？」

そんな俺の問いに対して、先に答えたのはメイルだった。

「なんと言っても強さだろう。最終的には魔王と戦ってもらうんだ。魔王を倒せそうにない奴を、勇者として選ぶわけにはいかない」

それは一理ある。

頷くと、次にルシラが述べた。

「どれだけ強くても、自分本意では困るのじゃ。自らを支えてくれる国や民のことにも意識を傾けてほしい」

その考えだと、インテール王国の勇者パーティは例外と言えるだろう。

あいつらは最後の最後まで自分本意に暴れ回っていた。あれはあれで清々《すがすが》しく、カリスマ性もあるが……制御できなければ国の負担となる。だから早々に見切られたのだ。

各国が勇者パーティを派遣する理由は、魔王討伐という大義もあるが、事業という側面があることも否定できない。自国の勇者パーティが魔王を討伐した暁には、莫大《ばくだい》な経済効果が生まれるだろう。だが、それ以上の出費が嵩めば事業としては失敗だ。

「ネットは、どう思うのじゃ？」

「そうだな、俺は……」

知り合いの勇者たちを思い出す。

俺の知っている勇者は……俺がなれなかった勇者は、どんな人物だっただろうか？

単純な結論が、自分の中で出た。

「……人間らしい奴だ」

「どれだけ強くても、悲しいことがあれば泣くし、楽しいことがあれば笑う。そういう奴が勇者に相応しいと思う」

少なくとも俺の知る勇者たちは、皆そうだった。

魔王に立ち向かう人間だというのに、時には泣くし、時には笑う。そういう人間らしさがきっと、大衆を引き付ける要素と成り得るのだろう。

しかし――。

「……自分で言っておいてなんだが、試験で評価できるものではないな」

「うむ。じゃが、妾もネットの意見には同感じゃ。勇者とは人々の代表。故に、人々の気持ちが分からねばならん」

メイルも同意しているらしく、小さく頷いた。

「シンプルに強いだけの人間なら沢山いるからな。それこそ、このランキングに載っている奴らは全員そうだ」

そう言いながら、俺は雑貨店で購入した新聞をテーブルの上に広げた。

以前、俺がルシラを説得するために作った人類最強ランキング……未《いま》だにこれは世界中で話題になっているらしい。おかげでこの一週間、各新聞は常にランキングを載せている。

「今更だが、ネットの力で勇者パーティを集めることはできないのか？　いや、勿論《もちろん》、私も手放しでお前に頼るつもりはないんだが……あくまで可能性を訊きたいだけだ」

ランキングを見ながら言うメイルに、俺は少し考えて答えた。

「微妙なところだな。勇者に相応しい人物となれば、相応の実力者に限られるが……大抵、その手の人物は特殊な立場だ。他国の勇者パーティになりたがっている奴はいないな」

メイルが残念そうな顔をした。

そんな彼女に、俺は軽く笑ってみせる。

「どのみち、俺が個人的に選んだメンバーだと国民は納得しないだろう。この国の勇者パーティは、この国の代表であるお前たちが選ぶべきだと思うぞ」

「……それもそうだな」

メイルが納得する。

勇者パーティ選抜試験は、国民に対するプレゼンの意味合いも持つ。なにせ勇者パーティは王族に勝るとも劣らない国の代表になる。国民からは「こんな試験を乗り越えた人たちなら、この国の代表になっても問題ない」と思われる必要があるだろう。俺たちは、そういう試験を実施しなければならない。

「そういえば、ネットよ。このランキングについて訊きたいことがあるんじゃが──」

ルシラが、テーブルに広げた新聞を指さして言った。

綺麗《きれい》に爪が切られたメイルの白い指は、人類最強ランキングの上に乗せられている。

「この、ユグドラシルとはなんなのじゃ？　ランキングの中に二人も同姓の人物がいるが……」

その問いに、俺は一瞬だけ返答が遅れた。

大丈夫……ルシラもメイルも違和感に気づいていない。

俺は動揺を押し殺して答えた。

「……さぁな。大家族なんじゃないか」

◆

その後も会議は数時間、続いた。

会議が終わった後、俺は城を出て、一人で冒険者ギルドを訪れた。

今回は依頼を受けるために訪問したわけではない。俺は受付嬢と軽く会話し、予約していた二階の個室へ向かった。

「待っていたぞ、ネット」

部屋に入ると、真っ白な甲冑《かっちゅう》に身を包んだ、金髪の女性がこちらを見た。

レーゼ＝フォン＝アルディアラ。この国で最も有名な冒険者パーティ『白龍騎士団』の団長を務める女性である。

「相変わらず愛くるしいな。どれ、こっちへ来い。頭を撫《な》でてやろう」

「そんなことを言うのはレーゼだけだ……おいやめろ、触るな」

「そう遠慮するな。わざわざ個室を選んだということは、こういうことを期待していたのだろう？　ちなみに私は物凄《ものすご》く期待していたぞ」

「知るか。いいから離れろ」

「ああっ!?」

強引にレーゼから距離を取る。

レーゼの存在力《レベル》は6、対して俺は1だ。本来、俺の身体能力ではレーゼに全く敵《かな》わないはずだが……なんだかんだ、レーゼは相手が嫌がることはしない。

「ずっと、楽しみにしていたのに……」

「……くどいぞ」

一瞬「ちょっとくらいなら許してもいいのでは？」と思ったが、すぐ我に返る。

「個室を選んだのは、このランキングについて話したいことがあるからだ」

そう言って俺は、先程ルシラたちにも見せた新聞をテーブルに広げた。

しかしレーゼは新聞に視線を注ぐことなく、得心した様子を見せる。

「――ユグドラシルについてだな」

緩んだ空気が消える。

真剣な面持ちで告げたレーゼに、俺は首を縦に振った。

「アムド帝国に巣食う闇、秘密結社ユグドラシル。……ランキングの作成を依頼した俺が言うのもなんだが、まさかこんな堂々と、その名が明るみに出るとは思わなかった」

「ランキングの監修は、大賢者マーリンと叡智王《えいちおう》ルーカスだったか。それはまた……手綱を握るのも難しい相手だな」

「ああ。あの二人は、なんでも知っているが故に、知識の価値に無頓着だからな。あいつらにとっては、ユグドラシルも秘密結社なんかではなく、ただの一組織に過ぎないんだろう」

往々にして、天才と呼ばれる人種に常識的な態度を期待してはならない。

時間があれば手綱も握れたかもしれないが、あの時はルシラの説得に焦っていた。実際、毒魔龍との戦いで、後ほんの少しでもルシラの到着が遅れていたら、俺たちは全滅していた可能性がある。大賢者と叡智王を、下手に制御せずノリノリで作業させたのは、あの段階ではベストな判断だったと言えるだろう。

それに、ランキングが世間に公表された件については、俺の意図は関与していない。多分あの二人と近しい人物が、スクープの気配を感じ取って記事にしたのだろう。……随分と仕事が早いことだ。おかげで今、少し困っているわけだが。

「ユグドラシルは、アムド帝国に拠点を持つ非合法の組織だ。魔王討伐に役立つ、兵器開発を目的としていると聞いたことはあるが……実態は公にされていない。ただ、その活動内容に非人道的な人体実験が含まれていることだけは明らかになっている」

切っ掛けは単なる偶然だった。アムド帝国の軍人が、収容所でユグドラシルの構成員たちの会話を盗み聞きしてしまったのだ。囚人を人体実験に使うというその内容を聞いて、軍人はすぐさま上司へ報告したが、後日その軍人は上司とともにスパイ容疑で処刑されてしまった。

だが、人の口に戸は立てられない。アムド帝国は情報の流出を阻止したようだが、極一部の者が監視の目を逃れ、情報を他者へ伝えていた。

元々、帝国の近辺では得体の知れない事件が多発していたのだ。山の奥地に捨てられた大量の死体。人工的に生み出された可能性がある新種のモンスターの出現。著名な学者が相次いで行方不明になったり、研究施設の跡地が発見されたりすることもあった。

それらの犯人が、ユグドラシルではないかと噂《うわさ》されている。だが、それでも帝国がユグドラシルを本気で調査した記録はない。つまりユグドラシルは、帝国内で権力を持つ組織なのだ。

「真相を確かめるため、ユグドラシルに接触した人間も過去に何人かいた。しかし、その全てが生きて帰ってこなかった。中には、見るも無惨な姿で発見された例もある」

そのような事例が続いた結果、あの組織の悪評は、一部の間で広まった。

「ユグドラシルには関わるな。……それなりに世界を知る者にとっては、共通の常識だ。しかしランキングにその名が載ってしまった今、中途半端に奴らを刺激する人間が現れるかもしれない。……レーゼには、そういった人たちをさり気なく宥《なだ》めてもらいたい」

「承知した。これでも発言力には自信がある。私に頼ったのは正解だと思うぞ」

発言力だけではない。俺はレーゼを信用している。だから頼ったのだ。

今までユグドラシルの名を知る者は少数だった。ルシラやメイルは勿論、ほとんどの冒険者も知らない。国王陛下ならば、もしかすると知っているかもしれないが、要するに一国の王と並ぶほどの権力者および特殊な立ち位置の人間でなければ知らない名である。

「個人的にも、あの組織は不気味だからな。……よろしく頼む」

そう伝えると、レーゼは「ふむ」と考える素振りを見せた。

「その様子だと、あの噂は事実みたいだな」

「あの噂？」

訊き返す俺に、レーゼは神妙な面持ちで答えた。

「ユグドラシルは、あの『変幻王』が唯一、接触できない相手である。……ネットのことを知る者たちの間で、そんなことが囁《ささや》かれているらしいぞ」

そんなことが囁かれているのか……。

俺は溜息《ためいき》を吐いて頷いた。

「誰が流した噂か知らないが……その通りだ」

「誰かが接触した例はあるのだろう？　なのにネットが接触できないのは、なかなか珍しいな」

「ああ。だから不気味なんだ」

この感覚を上手《うま》く言語化できるか分からない。

ただ、あえて伝えるとしたら――。

「なんていうか……避けられている気がするんだよな。俺も好き好んで接触しようと考えたことはないが、あの組織の、俺に対する警戒心は少し特別なものを感じる」

過去、諸事情でユグドラシルの調査を行ったことがあった。しかし成果は全く出なかった。

今回のランキングでユグドラシルの名を見ることができたのは、俺にあの組織を調べる意図がなかったからだろう。手段と目的が逆なら、こうならなかった。最初からユグドラシルを調べるためにランキングを作成していたら、彼らの名は載っていなかったに違いない。

「ユグドラシルは、ネットのことを特別警戒しているということか？」

「……感覚的にはな」

この世界に遍《あまね》く存在する英雄たちのことを思い浮かべる。例えばレーゼ、例えばルシラ、例えばかつての仲間であるロイドたち。あいつらを警戒するならともかく、俺だけを警戒する理由なんてあるのだろうか？

「複雑だな」

レーゼがポツリと呟《つぶや》いた。

「お前はその能力と性格のせいで、とかく人から見下されやすい。そんなネットのことを特別意識しているのが、他ならぬユグドラシルとは……実に複雑な気分だ」

「……どう思われているのかは分からないけどな。敵とみなされてなければいいが」

俺自身は何の変哲もない、ただの凡人だ。

ユグドラシルの俺に対する警戒心は、ただの思い違いである可能性も十分ある。

「とにかく警戒を頼む。もうじき勇者パーティの選抜試験が始まるし、そうなったら受験生を集める都合上、外部に対する警備も弱くなってしまうからな」

「分かった。冒険者にできることは限られているが、何かあればすぐに報告しよう」

レーゼは真剣な顔で頷いた。

「ところでネット。話は変わるが、勇者パーティの選抜試験を手伝っているみたいだな？」

「ああ。この国の王女殿下が言うには、『世界諸国を渡り歩いた、お主の経験を頼りにしたいのじゃ！』だそうだ」

「適切な判断だな」

「そうか？　俺なんかがいても、大した力になれそうにないが……」

「パーティを作るのは得意だろう？　『七耀《しちよう》の流星団《りゅうせいだん》』は勿論、お前が以前まで所属していたインテール王国のパーティも、随分と目立っているじゃないか」

あまり聞きたくない話題だ。

顔を顰《しか》める俺に、レーゼは楽しそうに続けた。

「『星屑《ほしくず》の灯火団《ともしびだん》』だったか？　冒険者の間では話題になっているぞ。つい先日、山を喰《く》らうという巨大モンスターを討伐してみせたようだな」

「…………代わりに、山一つ吹っ飛ばしたけどな」

「豪快だな。いかにもネットの仲間らしい」

それはどういう意味だ。

山を喰らうモンスターがいれば、「山ごと吹っ飛ばそうぜ！」と素で言ってしまうのがあいつらだ。そしてそれを実行してしまう。

インテール王国の王様は、あいつらを切ってよかったと思う。……まあ、あいつらは勇者パーティでなくても、特に変わらず活動するだけだが。

「勇者パーティの選抜試験は何をするつもりなんだ？」

「それは部外秘だが……まあ、レーゼになら言ってもいいか」

試験の内容を決めるにあたって、俺はこの国の王女であるルシラから直々に、ある程度の裁量を与えられている。後々レーゼには協力してもらうかもしれないし、今のうちに情報を共有してもいいだろう。

俺はついさっき、ルシラたちと話し合って決めた試験内容を伝えた。

「一次試験はシンプルな面接だ。勇者パーティは、国の代表として何かと矢面に立つことも多いからな。最低限のコミュニケーションが取れないと困る」

「正論だな。冒険者パーティを結成する際も、その辺りは気にするところだ」

俺も冒険者パーティを作ったことがあるので、よく分かる。

冒険者は色んな人たちと関わる仕事だ。ギルドの職員や、依頼人、現地協力者など、彼らと良好な関係を築くことは、依頼を達成するために大事なことである。

勇者パーティは冒険者以上に他人と関わる仕事をこなす。コミュニケーションに難がある者は選びたくない。

「二次試験はバトルロイヤルだ。二つのブロックに分かれた上で、残り十パーティになるまで全員で戦ってもらう」

「……急に過激になったな」

「勇者パーティに強さは必須だからな。ちなみに、このバトルロイヤルは一般公開する予定だから、ひょっとしたら冒険者ギルドにも警備の依頼がいくかもしれない」

勿論、国の衛兵たちも動員されるだろうが、恐らく人手が足りないだろう。

毒魔龍の討伐によって、国民は今、大いに盛り上がっている。そこへ勇者パーティの選抜試験が行われるわけだ。大勢の観客が集まることが予想される。

「人手が足りないようなら、また毒魔龍の時のように、『白龍騎士団』を貸してもいいぞ」

「……そんな気軽に言うなよ」

「気軽ではないさ。積み重ねた信頼があるからこそ言っている」

そう言われると俺も遠慮しにくい。

もっとも、俺もレーゼに対してはそこまで遠慮するつもりはないのだが。

「で、バトルロイヤルの次に、最終試験を行うわけだが……」

そこまで告げた後、俺は一度口を閉ざし、言葉を引っ込めた。

「……最終試験の内容はまだ伏せておこう。まだ詳細を詰めてないしな」

「なんだ、勿体振《もったいぶ》って。特殊な試験でもするのか？」

「ああ。特殊だし……危険でもある。だが、勇者パーティを選ぶなら最適な試験だ」

最後は、大胆な試験を行うことになる。

多分、国民たちも賛否両論の内容だろう。しかし俺たちは、その試験こそが勇者を選ぶに相応しいものだと考えていた。

「試験内容を聞いた限り、私の知る中で一人だけ有力候補がいるな」

その呟きに、俺はレーゼの顔を見た。

レーゼは視線を中空に注ぎ、過去を思い出しながら告げる。

「セレン＝デュバリスという冒険者だ。この国では、私の次に有名な冒険者となるだろう」

「……名前は聞いたことがある。存在力5の、雷の力を使う冒険者だな」

「流石《さすが》の情報網だな」

レーゼが笑った。

「セレンはかつて、私の好敵手《ライバル》と呼ばれていた。もっとも、私はパーティの長として仲間とともに戦う道を選び、セレンは個としての強さを極める道を選んだから、簡単に比較できるわけではないが。……単純な力比べなら彼女の方が強いかもしれない」

「……それは期待できそうだ」

レーゼにそこまで言わせるとは、確かに有力候補として数えてもいいだろう。

こちらとしては素直に歓迎する。いい勇者が現れてくれたらいいが……。

「それじゃあ、俺はそろそろ失礼させてもらうぞ」

そう言って俺は新聞を片付け、立ち上がった。

「なんだ、まだ何か予定があるのか？」

「ダンジョン攻略のために、冒険者を紹介してほしいと頼まれていてな。ギルドに来たついでに、適当な奴を探してみる」

今朝、宿でリーシャから伝えられた話だ。

せっかくなので今のうちに片付けておこう。

「ネット。選抜試験はいつ始まるんだ？」

「細かい日程は調整中だが……大体二ヶ月後だな」

そう答えると、レーゼは何故《なぜ》か感嘆の吐息を漏らした。

「その頃には、お前の人脈はこの街を掌握しているだろうな」

「……人聞きの悪いことを言うな」

楽しそうに笑うレーゼに、俺は溜息を吐いた。

［第一章］勇者パーティ選抜試験

度重なる会議によって、試験内容は詳細まで詰めることができた。

勿論、会議に参加したのは俺とメイルとルシラの三人だけではない。最終的には国王陛下を始めとする多くの貴族が話し合い、試験内容と、それに伴って準備しなくてはならない資金や環境を検討した。

毒魔龍の討伐によって、長年立ち込めていた暗雲を振り払ったこの国は今、未来への出資に寛大だ。予算はそれなりに使うし、貴族たちの仕事量も一気に増えたが、誰もが勇者パーティの誕生を楽しみにしていた。

そして、二ヶ月後の試験当日。

王城前の広場には、多くの受験生が集まっていた。

「……おおよそ、七十パーティか」

エーヌビディア王国が、正式に勇者パーティを募集している旨は、一ヶ月以上前から世界中に伝えていた。その結果、七十四パーティがこの地に集った。

「他国の選抜試験と比較しても、受験生の数は遜色ないな」

「あ、ああ。そうだな」

広場の隅で、集まった面子《メンツ》を眺めていると、隣のメイルがぎこちなく返事をした。

「メイル、緊張しているのか？」

「あ、当たり前だ！　勇者パーティの選抜は、我が国の将来にとってこの上なく大事なことなんだぞ！　だというのに、まさか私のような若輩者が監督だなんて……」

「ルシラから信頼されている証拠だろ。任せたぞ監督」

「うぅ……」

そもそも今回の試験は、ルシラが主導で開催している。となれば、ルシラの側近であるメイルも相応の立場になることは予想できたが……本人は全く想定していなかったらしい。

エーヌビディア王国の国王にカリスマ性がないわけではない。ただ、ルシラは毒魔龍討伐の立て役者ということになっており、この二ヶ月で国民たちから絶大な人気を集めていた。恐らく国王はこの時流を考慮して、自分ではなく娘を前面に出したのだろう。

「しかし……パーティ単位での応募を条件にしていたが、そのわりには集まったな」

集まった人々を見て、俺は呟く。

「パーティ単位で募集するというのは、確かネットの提案だったな」

「ああ。どちらかと言えば、勇者パーティのメンバーは一人ずつ選ぶ国の方が多い。ただ、そ

れには欠点があるからな。……本人ではなく国が勝手に仲間を選ぶわけだから、いざパーティを組んだ時に、考え方が合わないことも多いんだ。だから、あまり公にはされていないが、勇者パーティはメンバー同士の仲が悪いこともある」

今回、エーヌビディア王国が募集したのは、ただ一人の勇者ではなく勇者パーティだ。この仲間を組むという条件がネックになって、応募できなかった者は多数いるだろう。

しかし仲間なんてものは、国に「コイツと組め」なんて言われて、「分かりました」と気軽に受け入れられるものではない。厳しい戦いに挑むからこそ、仲間との信頼関係は大事になる。

そういう意味では、信頼できる仲間を見つけることは0次試験と言える。

「背中を預ける相棒くらい、自分で選ぶべきだ。……その方が連携もしやすいしな」

旧知の仲であれば、互いの強みも理解しているため、協力もしやすい。

時間を掛けて、ゆっくりと絆《きずな》を育めば……なんて発想は危険だ。魔王が人類のペースに合わせてくれる保証なんて、どこにもないのだから。

そんなふうに思っていると、ふと、メイルが微笑を浮かべて俺を見ていることに気づいた。

「……なんだ、その顔は」

「いや……やはり、お前を今回の計画に巻き込んだのは、正解だったと思ってな。ルシラ様の采配は見事だった」

そりゃどうも、と俺は適当に返す。

広場には大勢の観客が集まっていた。今日ここで行うのは、受験生への挨拶と一次試験の説明だけだが、それでも観客たちは興奮した様子で広場を見ている。

勇者パーティの誕生。その歴史的瞬間を、少しでも長く堪能《たんのう》したいのだろう。

『皆の者、本日はよく集まってくれたのじゃ！』

緊張するメイルの隣でのんびり広場の様子を見ていると、ルシラが壇上に現れて受験生たちに挨拶した。その手には、声を大きくする円錐形《えんすいけい》の魔道具を持っている。

ルシラはメイルと違って緊張した様子ではなかった。俺やメイルよりも幼い少女だが、伊達《だて》に王族の血を継いでいない。

「メイルもそろそろ準備した方がいいんじゃないか？」

「そ、そうだな。……行ってくる」

「観客も沢山いるから、変なことを言うと近衛騎士団《このえきしだん》の評判にも関わるぞ」

「おおお、お前ッ！　なんでこのタイミングでそんなことを言うんだッ!!」

メイルは緊張のあまり震えながら歩き出した。

ルシラはあくまで運営側として立ち回るため、その後の試験の説明などは、監督であるメイルの役割になっている。この後はメイルが受験生たちに指示を出す手筈《てはず》だ。

ルシラの挨拶を聞く受験生たちの顔つきは真剣だった。見た目は少女でも、ルシラからは大人顔負けの貫禄《かんろく》を感じる。自然と気が引き締まるのだろう。

やがてルシラの挨拶が終わり、今度はメイルが壇上に立つ。

『し、試験の監督を務めるメイル＝アクセントです！　まずは試験の内容について説明させていただきます！　日程は事前に通達した通り、本日を含む五日間となり――』

メイルの声はやや震えていたが、それでも立派に役割を果たしていた。

必死に指示を出すメイルを眺めていると、つい笑みが零《こぼ》れる。

「楽しそうじゃな」

いつの間にか、すぐ傍までルシラが近づいていた。

「知り合いでもおったのか？」

「いや、見たところも一人もいない。……だから楽しいんだ」

受験生たちの顔ぶれを見ながら、俺は言う。

「この中の、誰かが勇者になるんだな」

正直、集まった顔ぶれを見て、誰が勇者になるのかは想像もつかない。

しかし勇者とはそういうものだ。予想もしなかったところから、突然相応しい者が現れる。

だから面白い。人の可能性は、予想できないから楽しいのだ。

「ネット。改めて、お主には礼を言おう。今回の選抜試験、お主の協力がなければ実現できなかったのじゃ。……本当に感謝しておる」

「気にするな。報酬も貰《もら》っているし……それに、半分は俺自身の趣味みたいなものだからな」

これでも金には余裕がある。その上で仕事を受けたのは、俺が楽しそうだと思ったからだ。

そんな俺を見て、ルシラは少し考える素振りを見せた。

「ネット。一次試験の面接、お主も面接官として参加せんか？」

「俺が？」

「うむ！　人を見る目には自信があるのじゃろう？」

それは以前、龍化したルシラに俺が言った台詞《せりふ》だった。

その言葉を否定することはできない。

「……まあな」

肯定すると、ルシラは太陽のように明るく笑う。

『そ、それでは、ただ今より、一次試験の面接をおこにゃいます！』

メイルは盛大に噛《か》んでいた。

◇

一次試験の会場は、エーヌビディア王国の王家が所有する別邸だった。

別邸とはいえ王家の所有物であるため、外装も内装も豪奢《ごうしゃ》なものだ。手入れが行き届いた庭園を抜けて邸内に入ると、長い廊下と、複数の試験官が見える。

受験生は廊下の奥にある大広間に案内され、そこで待機するよう指示された。

到着した順に、試験官から木製の番号札を渡される。番号が呼ばれたパーティから個室へ案内され、面接を行うようだ。

「アレック」

番号札を受け取ると同時に、仲間が名を呼ぶ。

瞬間、周りで待機していた多くの受験生がこちらを振り向いた。突き刺さる視線の数々に居心地の悪さを感じ、赤髪の青年は嘆息する。

「名前を呼ぶなよ、ライガン。目立つだろ」

「ははは！　A級冒険者にもなると、有名税も馬鹿にならんな」

そう言って豪快に笑うのは、アレックのパーティメンバーであるライガンだった。すぐ傍には他のメンバーも二人いる。皆、緊張しているというのに、ライガンだけは平然としていた。

「面接の補佐役は俺でいいんだな？」

「ああ。お前とは一番付き合いが長いしな」

一次試験の面接は、パーティごとに行われる。

参加者はパーティのリーダーと、その補佐役の計二名。基本的に質疑応答するのはリーダー一人となる。補佐役はあくまで補足説明に徹してほしいとのことだ。

アレックは幼い頃からエーヌビディア王国で冒険者として活動していた。十五年の年月を経てA級冒険者になった後は、赤髪のアレックの名でしばらく有名になり、それから更に半年後、他国へ渡って活動の幅を広げた。

ライガンは、アレックがA級冒険者になる前からの……幼い頃からの冒険者仲間である。そのため互いに相手のことはよく知っていた。

自分のことをよく知る相手ほど、パーティの仲間に相応しい人物はいない。ライガンの楽観的な態度も、アレックにとっては頼もしく感じた。

「しかし本当に驚いたぜ。海の向こうで冒険しているって聞いていたのに、急にこの国に帰ってきて、しかも久々に会った俺への第一声が『勇者パーティになろう！』だからな」

「もういいだろその話は……何度同じことを言うんだ」

「それだけ驚いたってことだ」

どこか嬉しそうにライガンは言う。だがそんなライガンに、アレックは視線を下げた。

「……ライガン。今だから言うけどな、俺には打算があるんだ」

他の者たちには聞こえないよう、アレックは小さな声で言った。

「エーヌビディア王国は、毒魔龍のゴタゴタがあったせいで、勇者パーティの派遣が遅れてしまった。だから俺たちを含む多くの人が、この国は勇者パーティを派遣しないと考えた。その結果、この国の有力な戦士たちは、勇者パーティとは別の道を志すようになった」

潜めた声でアレックは語る。ライガンは無言で聞いていた。

「S級冒険者のレーゼ＝フォン＝アルディアラがいい例だ。毒魔龍さえいなければ、きっと彼女がこの国の勇者になっていただろう。でも彼女は今、『白龍騎士団』の団長として部下を纏《まと》める身分だ。既に重責を背負っている彼女は、もう勇者にはなれない」

「……要するに、本来のライバルたちが軒並み消えてくれて助かったってことか？」

「ああ。情けない話だがな。……残念ながら今のエーヌビディア王国に、他国の勇者パーティに並ぶほどの即戦力はいない。今回の試験、他国からも募集しているようだが……どちらにせよ同じだろう。既にめぼしい人物は、他国の勇者パーティに採られている」

それに、エーヌビディア王国と縁もゆかりもない人物を勇者パーティに招いたところで、民衆からの支持は集まりにくい。応募者もそれは理解しているだろう。だから基本的に、勇者パーティの募集では、他国の人間が応じること自体が少ないのだ。

「この国は動き出しが遅かったんだ。今更、他国と同じ基準で勇者を探しても、きっと見つからない。となれば必然と、試験の難易度を下げるしかない」

「確かに、一次試験がただの面接ってのは拍子抜けだよな。難しい試験でバッサバッサと受験生を切るってよりは、可能性のある受験生をできるだけ取りこぼしたくないって寸法か」

「そういうことだ。それに毒魔龍のせいで、この国は経済的にも余裕がない。試験の内容も限られている。……そこに必ずチャンスはあるはずだ」

ライガンは特に表情を曇らせることなく、「なるほどなぁ」と頷いた。

きっと受験生のほとんどが、勇者パーティへの憧憬だけでこの場に集まっている。それに対しアレックは、現実的な計算をした上でこの場に立っていた。罪悪感のようなものを覚える。

「いいんじゃねえの？　運も実力のうちだ」

「……そうだな」

「もう少し自信を持てよ。案外、他の国の勇者パーティだって、似たような形で選ばれてるのかもしれねぇぞ？」

そうかもしれない。

ライガンの言う通りだ。曲がりなりにもA級冒険者……もう少し自信を持ってもいい。

「七番の方、どうぞ！」

試験官が大きな声で言う。

七番の札は、アレックが持っていた。

「行こう」

「ああ。ま、お前の話が正しければ、ゆるーい試験だ。気楽にやろうぜ」

ライガンの言葉に背中を押され、アレックは個室へ入った。

対面の大きな窓から陽光が差し込んでいた。窓を背に、五人の男女が座っている。中心にいる銀髪の少女は、この国の王女であるルシラ＝エーヌビディアだ。その右側には、試験監督を務めているらしい青髪の騎士が座っている。更にその右には宰相が座っている。

ルシラの左側に座っているのは、黒髪の青年だった。……この男は誰だろうか？　見覚えがない。戦いを生業にしている体形ではないので、冒険者だったとしても階級は低いだろう。しかし宰相のように、国の中枢で活躍する貴族にしては若すぎる。

そんな男の左隣には――茶髪の美しい少女が座っていた。

「では、これより面接を始めるのじゃ」

ルシラが面接の開始を告げる。

だがアレックは、ルシラではなく、一番左に座る少女に視線が釘付《くぎづ》けとなっていた。

「………………嘘《うそ》だろ」

震えた声が零れる。

困惑した様子のアレックに、隣に立つライガンが心配そうな顔をする。

「おい……おいっ。どうしたアレック、何かあったのか？」

「い、いや、なんでもない。……気にしないでくれ」

首を横に振るアレックだが、その額からは冷や汗が垂れていた。

「書類によると、お主はA級冒険者のようじゃな。赤髪のアレック……その名は妾の耳にも届いておるぞ。存在力４でありながら、立ち回りが非常に上手く、存在力では計りきれない活躍をするとか」

「はい……光栄です」

アレックは深々と頭を下げた。

相手は一国の王女。礼儀を示すのは当然だ。だが、どこかぎこちない動きで下げられたアレックの頭には、礼儀とは別の、恐怖がのし掛かっているようにも見えた。

「隣にいるのは、B級冒険者のライガンだな。二人が今、パーティを組んでいるのは、同じ学院の出身だからだろうか？」

「ええ！　アレックは俺を、最初のメンバーに選んでくれました！　俺はその期待と信頼に全力で応えてみせるつもりです！」

試験監督のメイルが繰り出した問いに、ライガンは明るい声音で答えた。

冒険者らしい、豪快で直情的な態度である。その印象はメイルにとって良いものだったらしく、彼女はほんの少しだけ柔和な笑みを浮かべた。

その直後、一番左に座る茶髪の少女が口を開く。

「アレックさんは、先月までマイスタイン共和国で冒険者として活動していたようですね。その時は主にどんな依頼を？」

「――――っ」

アレックの瞳に動揺が走った。

嫌な汗がぶわりと噴き出す。落ち着け、これは面接だ。質問に答えねば。

「だ、大体は、モンスターの討伐依頼を受けていました。だから腕っ節には自信があります」

「なるほど。共和国でも実力を磨き続けてきたのですね」

「そう、ですね」

引き攣《ひっ》った笑みを浮かべて答えると、茶髪の少女は満足したのか、唇を引き結んだ。

だが、アレックの焦燥は消えなかった。

少女の沈黙が――まるで全てを見透かしているかのようなその瞳が、耐えられない。

「…………いや。すみません……今のは、嘘です」

まるで何かに突き動かされるかのように、アレックは震えた声で訂正した。

隣でライガンが目を見開く。しかしアレックの口は止まらない。

「本当は、共和国にいる間はほとんど冒険もせず……毎日、だらしない生活を送っていました。まさか、この国が勇者パーティを募集するなんて、思ってもいませんでしたから……募集の話を聞いて、大急ぎで鍛えた次第です」

「……そうでしたか」

沈黙していた少女が再び口を開き、頷く。

アレックの胸裏に渦巻いていた悪寒が霧散した。しかしその代わりに、自分は取り返しのつかないことをしてしまったのだという罪悪感が残った。

その後の面接について、アレックは……覚えていない。

気づけばアレックはライガンとともに、部屋を出ていた。

「アレック！」

呆然《ぼうぜん》と廊下を歩いていたアレックは、ライガンに胸倉を摑《つか》まれ、壁に叩きつけられる。

他の受験生たちが一斉にアレックたちへ注目した。だがライガンの怒りは収まらない。

「てめぇッ！　なんでわざわざ、あんな不利になるような発言したんだ！　あれじゃあ自分から落としてくださいって言ってるようなもんだろうがッ！」

ライガンの言葉はごもっともだ。

だからこそ、アレックは……訥々《とつとつ》と事情を話すことにする。

「……ウィンリーン＝テミスが、いた」

アレックが青褪《あおざ》めた顔で言うと、ライガンは眉間に皺《しわ》を寄せた。

「誰だ、そいつは？」

「共和国では、誰もが知っている名だ。……審理神《しんりしん》の加護を宿した彼女は、あらゆる嘘を看破する。下手に誤魔化したところで、意味はないと思ったんだ」

ライガンが目を丸くした。アレックの胸倉を摑む力が弱くなる。

驚愕《きょうがく》するのも無理はない。嘘を見破る能力、その凄《すさ》まじさくらいライガンにも想像できる。

そんな力があれば、あらゆる契約・交渉が有利になる。

「有り得ない……ウィンリーン＝テミスは、王様や教皇、大商人の勧誘すら断って、生涯を長閑《のどか》な村で過ごすと決めている人だぞ。それがどうして、こんなところに……」

完全に冷静さを失ったアレックは、酷《ひど》く動揺しながら呟いた。

その時、小さな足音が近づいてきた。

「大丈夫っすか？　体調が悪いようなら医者を探してくるっすけど」

純白の鎧《よろい》を纏った少女が、アレックに声を掛けた。

アレックは青褪めた顔を持ち上げ、精一杯、虚勢を張る。

「……いや、いい。それより、その鎧……『白龍騎士団』か？　どうして試験会場《こ こ》に……」

「それは私たちがこの会場を警備しているからっす！　一次試験から最終試験まで、ぜーんぶ私たちが警備するっすよ！」

少女は「体調不良じゃないなら持ち場に戻るっすねー」と言って、この場を去った。

そんな少女の背中を、アレックとライガンは困惑した目つきで見届ける。

「おいおい……確かに『白龍騎士団』はこの国を代表する冒険者パーティだが、随分と大胆に雇ったな。国と冒険者ギルドは独立してっから、雇うのも無償じゃないだろうに……」

ライガンが小さな声で呟く。

「今となっては手遅れだが……認識を、改めなければならない」

アレックは、どこか畏怖の念を抱いた様子で言う。

「この国は、他のどの国よりも本気で、勇者パーティを作ろうとしている……」

◆

受験生が部屋を去る。

遠ざかる足音を聞きながら、俺は小さく息を零した。

（まあ、こんなものか……）

受験生の境遇はバラバラだったが、大別して三つ。冒険者か、国の騎士か、その他だ。

彼らも伊達に勇者を目指していない。どの境遇の受験生にせよ、大半は何かしらの実績を持っている人たちばかりだった。そのため、面識はなくても名前は知っている受験生も数多くいた。先程、この部屋を出て行った赤髪のアレックもその一人である。

受験生たちには申し訳ないが、今のところピンときた相手はいない。勇者を諦めた俺が言える台詞ではないかもしれないが、人を見る目だけならあると自負しているつもりだ。

「ルシラ様、これで午前の部は終了ですね」

「うむ！　皆の者、少し休憩を挟むのじゃ！」

メイルの発言にルシラは明るい声で頷いた。

五人の面接官がそれぞれ肩の力を抜く。俺も、軽く背筋を伸ばしていると、

「ネット＝ワークインター」

メイルの隣に座っていた男が、こちらに近づいて声を掛けた。

老いてはいるが、貫禄のある男だった。髪は焦げ茶色で、前髪を持ち上げることで額を露出している。顔に刻まれた皺は、積み重ねた功績を証明しているかの如《ごと》く勇ましい。

「挨拶がまだだったな。私はガルバ＝ステルレン、宰相を務めている」

「ネット＝ワークインターです。こちらこそ挨拶が遅れてしまい申し訳ございません」

今回、俺はルシラの提案によって、この面接に飛び入り参加していた。そのため、まだ宰相とは挨拶を交わしてなかったが……見たところ友好的な態度に見える。

「ネット殿の活躍は私の耳にも届いている。先の毒魔龍との戦いでは、『白龍騎士団』を率いて殿下を助けてくれたみたいだな。新聞では、殿下や『白龍騎士団』が最大の功労者のように称《たた》えられていたが、実際は君の手腕なのだろう？」

「いえ……流石にそれは持ち上げすぎです。実際に毒魔龍を倒したのは『白龍騎士団』と、ここにいるメイルとルシラですし……というか、誰からそのような話を聞いたんですか？」

「妾じゃ！」

ルシラは自慢げに胸を張った。

お前かよ、と内心で呟く。あの戦いの全容を知っている人物は限られているが、当事者であるルシラならば確かに語ることができるだろう。

思わず溜息を零すと、ガルバ宰相は微笑した。

「ネット殿、私に対する口調は砕けたものにしてほしい。このままでは、殿下よりも私の方が敬われているように見えてしまうからな」

「……それもそうだな」

確かにこのままでは体裁上の問題があるかもしれない。

フランクな態度に変えよう。

「……貴方《あなた》は、何処《どこ》にいても似たようなことをしているんですね」

ふと、背後から少女の声がした。

振り返ると、茶髪を真っ直ぐ下ろした清楚《せいそ》な少女が、人当たりのいい笑みを浮かべている。

彼女は、俺が今回のために招いた人材だ。

「ウィンリーン、久しぶりだな。急な呼び出しだったが、応じてくれて助かった」

「他ならぬネットさんの呼び出しですから。地の果てからでも応じますよ」

「……その台詞、共和国では絶対に言うなよ」

「ええ、分かっています」

ウィンリーンはにっこりと微笑《ほほえ》んで言った。

嘘を見抜く力を持つウィンリーンは、共和国では絶大なカリスマ性を誇っている。そんな彼女に「地の果てからでも応じる」なんて言われるものなら、面倒な注目を浴びかねない。

見た目はただの可憐《かれん》な少女である。その微笑みも無垢《むく》なものだが……嘘を見抜ける彼女は人の嫌な面を山ほど知っている。見た目とは裏腹に、厳しい性格の持ち主だ。

「それで、審理神の加護はどのくらい反応した？」

「嘘をついている方のリストを作成しています。こちらです」

流石、手際がいい。

手渡された一枚の用紙には複数の人名が記載されていた。俺はそれを黙読する。

「……思ったより少ないな」

「勇者パーティ選抜試験は、国を挙げての取り組みですからね。国が調査したらバレそうな嘘は、最初からつかないようにしているんでしょう。いいことです」

あるいは、ウィンリーンのことを知っていて、嘘をつく予定だったが止めたのか。……まあそれはそれで、機転を利かせるのが上手いと評価できる。交渉が得意なのは加点対象だ。

「ウィンリーン殿。お主の協力、大変感謝しているのじゃ。今後、何か困ったことがあれば連絡するといい。次は妾たちが手助けするのじゃ」

「ありがとうございます、ルシラ様」

ルシラの感謝に、ウィンリーンは粛々と頭を下げた。

「しかし、今更ネットがとんでもない人材を紹介してきても驚かないが……ウィンリーン殿は何故、ネットに従っているのだ？」

そんなメイルの問いかけに、ウィンリーンは少し悩んでから答える。

「ネットさんは、嘘をつきませんからね」

シンプルに述べたウィンリーンは、続けて語った。

「人との繋《つな》がりを大事にするネットさんは、日頃から誰かが不利になるような行動をしませんから、そもそも嘘をつく必要がないんです。……私は、そういう誠実な人を好みます」

「……そりゃ言いすぎだ。俺だってたまには嘘をつく」

「だとしても、それは優しい嘘……誰かを助けるためのものでしょう？」

優しく微笑むウィンリーンに、俺は居たたまれなくなり、がしがしと後ろ髪を掻《か》いた。

どうもやりにくい。宰相といい、ウィンリーンといい、今日は随分と持ち上げられる日だ。

「……さっきも言ったが、そういう台詞は絶対に共和国では口にするなよ」

「分かっています」

ウィンリーンは、にっこりと笑みを浮かべた。

きっと本心からの言葉なのだろう。しかし、俺をからかっているのも事実。ウィンリーンの瞳には微《かす》かに悪戯心《いたずらごころ》が透けていた。

「今の台詞に、何か問題でもあったのか？」

どこか暢気《のんき》に聞こえてしまうメイルの問いに、俺は溜息交じりに答える。

「審理神の加護を持つウィンリーンが、『この人は嘘をつかない』なんて言った暁には、そいつは聖人扱いだ。……今、この場に共和国の人間がいなくてよかった」

ウィンリーンも時と場所は弁《わきま》えているはずなので、注意してくれているとは思うが……。

言われる側からすると、冷や汗ものである。

「ネットさんも、あまり注目を浴びるのは得意じゃないみたいですし……いっそ私と一緒に暮らしませんか？　長閑でいいところですよ？」

「……それは冗談か？」

「さあ、どうでしょうね」

くすり、とウィンリーンが微笑む。

この世界の誰にも、彼女の本心は分からない。

そんな俺とウィンリーンのやり取りを、ルシラが複雑な顔で眺めていた。

「……ネットはその気になったら、妾より裕福な暮らしができる気がするのじゃ」

「そんなことないだろ。仮にいい身分になっても、すぐにボロが出ておしまいだ。俺自身ができることなんて、そう多くないからな」

「そうかのぅ……お主なら、何にでもなれそうな気がするのじゃ……」

それは気のせいである。

少なくとも俺は、勇者になることができなかったのだから。

「殿下、そろそろ食事をとった方がいいのでは？　時間も有限です」

「それもそうじゃな。では一度、解散するのじゃ！」

ガルバ宰相の提案に、ルシラは頷いた。

各々が部屋を出る。その直前、

「ネットさん」

ウィンリーンが、俺に声を掛けた。

「既に知っているとは思いますが、私の加護は万能ではありません。極稀《ごくまれ》に、私の加護を無効化できるものがありますので……くれぐれもご注意を」

「分かった。……確か、特殊武装を警戒すればいいんだよな？」

「はい。審理神の加護は、加護の中では最上位に該当しますから、同じ加護で破られることはありません。また、共和国の研究で、この加護を無効化できる魔法は現存しないことも明らかになっています」

「……聞けば聞くほど、とんでもない加護だな」

「それでも、一部の特殊武装には破られてしまいますから……無敵ではありませんよ？」

謙遜、というより俺たちのことを案じてくれているのだろう。勇者パーティの選抜は国策である。失敗すれば最悪、多くの人間が不幸のどん底に落ちてしまうかもしれない。

「了解した。……まあ俺たちも、ウィンリーンに頼りっぱなしになるつもりはないさ。怪しそうな奴らがいたら調べてみる」

というより、その可能性は最初から織り込み済みである。

だから――面接が終わった後、俺はもう一仕事するつもりだ。

◆

「これより、一次試験・午後の部を開始する！」

試験監督のメイルが、会場に声を響かせた。

午前中、大勢の前でさんざんアナウンスを噛んだからか、すっかり緊張も解《ほぐ》れている。

俺たち面接官もこの仕事に慣れてきた。午後の部は午前よりも円滑に進行できそうだ。

「——なるほど。B級冒険者として、長く活動してきたようだな。既に十分な収入は得ているはずだが、その上で勇者パーティを目指す動機とは何だ？」

「それは勿論、より多くの人たちの助けになりたいからです！」

ガルバ宰相の質問に、若き冒険者は溌剌《はつらつ》と答えた。

似たような回答はもう数え切れないほど聞いている。

面接が終わると、冒険者は深々とお辞儀して部屋を出た。

そしてまた、他の受験生がやって来る。

「——では、自分が他の受験生と比べて、優れていると思う点を教えてくれないか？」

「先程お話しした通り、私は地方で騎士として領主様に仕えていました。しかし今回の試験を受けるにあたって、騎士の肩書は返上しています。その覚悟を、評価していただきたい」

きっちりとした服を纏った、壮年の男が告げる。

面接官たちが相槌《あいづち》を打っていると、男の隣に立つ青年が挙手をした。

「補佐役として、一点ほど彼について補足させてください。彼は熱い覚悟だけではなく、冷静沈着な心も持っています。瞬時に戦況を把握し、勝てないと悟れば一度後退する。彼はいざという時、退くことができる強さも備えています」

その説明を聞いて、ルシラが「ふむ」と声を零す。

「では……もし、勝ち目がない戦いだと分かったとしても、自分が戦わねば大切な人たちが死んでしまう状況に陥った時、お主はどうするのじゃ？」

なかなか、意地悪な質問だ。

しかし、この問いにどう回答するのか、興味はある。

（ロイドなら、多分……「勇者なのに逃げていいのか？」、みたいに答えるだろうな）

頭の中にいるロイドが、きょとんとした顔でそう告げた。多分、面接に受かりたいとか、そういう打算を抜きにして、あの男は純粋な疑問としてその台詞を口にするだろう。

だが、ああいう人間は少数派である。

「……とにかく、そのような状況に陥らないよう、日頃から工夫します」

「うむ、なるほど」

目の前にいる壮年の男は、面白味もない……しかし確実な回答を述べた。

面接が終わり、男たちが部屋を後にする。

「ふぅ……あと少しか。流石に疲れてきたな」

「試験監督がそんなことを言っちゃ、俺たちも疲れてしまうな」

「くっ……お、お前は、意地悪なことを言う……」

だが正論だと受け取ったのか、メイルは背筋を正し、気合を入れ直した。

メイルの気持ちも、分からなくはない。

面接を続けて分かるのは、誰も彼も主張することは大体同じだということだ。

先程の騎士もその例に漏れず。覚悟のアピールなんて耳にたこができるほど聞いている。

覚悟の大きさなんて評価にそこまで影響しない。土壇場で発揮される揺るぎない覚悟……そこから生まれる火事場の馬鹿力は、結局、日頃の鍛錬の賜物《たまもの》である。

大事なのは日頃の努力だ。

しばらくすると、次の受験生が部屋を訪れる。

やって来たのは——金髪の少女だった。

「セレン＝デュバリスです。よろしくお願いします」

その名に聞き覚えがあった俺は、少女の姿を見つめた。

レーゼが有力候補と言っていた人物だ。エーヌビディア王国では、レーゼの次に有名な冒険者である。ルシラやメイル、宰相もセレンの登場に気を引き締めた様子を見せる。

その存在力は5。レーゼには一歩劣るが、エーヌビディア王国では最高戦力の一人に数えられる。歳《とし》は十七とまだ若いが、顔つきには一切の緩みが見られない。

そんな彼女は、一人で部屋に入ってきた。

「補佐役がいないが……」

「私は今回の試験に、最初から一人で臨んでいます。規約違反ではありませんよね？」

強い口調で問いかけるセレンに、俺を含む面接官は顔を見合わせた。

規約違反、ではないが……いささか自信過剰に思える。

今回の試験について、俺たちは受験生をパーティ単位で募集した。つまり、合格したらそのパーティで活動してもらうということだ。少なくとも俺たちの方で、追加の人員を探すことはない。セレンが合格すれば、そのまま一人で旅に出てもらうことになる。

俺の心境を見透かしてか、セレンは鋭く告げた。

「他所《よそ》の国では、勇者が一人で活動しているパターンもあります。私に実力さえ備わっていれば、問題ないかと」

その言い方に、俺は引っかかりを覚えた。

「確かにそのパターンはあるが……あれは存在力7だぞ」

「心配無用です。私もいずれ、その境地に到達しますから」

「向上心があるのはいいが、その境地に到達するまで、ずっと綱渡りをするつもりか？　力が足りないうちは、仲間に頼るのも選択肢の一つだぞ」

「ふっ……仲間に頼るしか能がない、貴方ならではの意見ですね」

棘《とげ》のある言葉に、空気が張り詰めた。

どうも、このセレンという少女……俺のことを知っているらしい。

「……勇者パーティの名の通り、こちらはパーティでの受験を想定している。今後の試験も一人だと不利になることが多いぞ」

「貴方のような人間に指図されるほど、私は落ちぶれていません」

「ちょっと待て」

セレンの物言いに、メイルが眉根を寄せて発言した。

「先程から聞いていれば、随分と高圧的ではないか。この国を代表する勇者に、そのような態度は不適切だ」

「問題ありません。私のコレは、そこの男に対する個人的な感情ですので」

ぎろり、と音が聞こえてくるかのように、セレンは眦《まなじり》鋭く俺のことを睨《にら》んだ。

どうやら、先程からセレンが放っている棘は、俺だけに向けられているらしい。

「ネット……何かしたのじゃ？」

「……いや、全く心当たりがない」

理由はよく分からないが、セレンの俺に対する目つきだけ異様に厳しかった。勇者になるためというより、今この場で俺を斬り殺すために面接を受けているようにすら見える。

俺は人の名を覚えることが得意だし、人とのエピソードを覚えることも得意だ。だからこそ確信している。俺はこの少女、セレンと顔を合わせたことは一度もない。

「もう一度言いますが、規約違反ではないはずです。……あなた方が感じている不安は、この後の試験で払拭してみせます」

堂々と発言しているが、俺たちが面接で落とすとは考えていないのだろうか。

その後、セレンの面接はルシラと宰相、ウィンリーンの三人が主導した。俺はセレンに嫌われているようだし、メイルはセレンにあまりいい感情を抱いていない。気まずい空気のまま面接は進行したが、セレンは先程の発言通り、俺以外とは棘のない態度で会話した。

やがてセレンが部屋から去ると、誰とはなしに吐息を零す。

「なかなか、癖があったな」

メイルが複雑な表情を浮かべて言う。

俺は、どちらかと言えば苛立《いらだ》ちよりも困惑の方が強い。

「何故か俺は、嫌われていたな……」

どうして俺は、あそこまであからさまに敵意を向けられていたのだろうか。

「ちなみに嘘は言っていませんでしたよ」

「……その情報は聞きたくなかった」

ウィンリーンの発言に、俺は溜息を吐く。

裏表がない性格で何よりだ。

「まあ、何かあれば追々調べればいいだろう。……ルシラ。次で最後だったか？」

「うむ。気を抜かず、頑張るのじゃ」

その通りだ。

勇者を目指している人間が、凡庸なわけない。個性的で癖が強いことくらい、こちらも覚悟している。しかしどれだけ癖が強くても、受験生である彼らにとってこの試験は一度きりのチャンスなのだ。俺たちはその事実を強く意識し、慎重に、丁寧に試験を行わねばならない。

扉がノックされる。

ガルバ宰相が「入れ」と返事をすると、扉が開いた。

「し、失礼しま――あいたっ!?」

扉の向こうから現れた少女が、転倒して顔を床にぶつける。

その場を沈黙が支配した。……これはまた、随分とインパクトのある登場だ。

「……大丈夫か？」

「ひゃいっ!!　大丈夫です！」

声を掛けると、少女は勢いよく立ち上がった。その目尻には涙が溜《た》まっており、顔も真っ赤に染まっていた。

少女の後ろから灰髪の青年が部屋に入ってくる。

この二人が、リーダーと補佐役らしい。

「ア、アリス＝フェルドラントですっ！　よろしくお願いしますっ！」

その少女は、青みがかった黒い髪をふくらはぎの辺りまで伸ばしていた。

随分と長い髪だが、不潔には感じない。その髪は絹のように艶《つや》やかで、少女が身体を動かすとサラリと揺れた。肌は白く、顔は幼いが整っている。ルシラと比べると背は高いが、どちらかと言えば小柄な部類で、華奢《きゃしゃ》な体つきだ。書類によると十六歳らしい。

全体的に内気な印象を受ける。前髪がとても長いせいで、アリスが少し動くだけで目が隠れていた。他人の視線が怖いのか、目を合わせてくれない。

「補佐役の、エクスゼール＝サリバンと申します」

アリスの隣に佇《たたず》む、灰髪の青年が礼儀正しくお辞儀した。

リーダーはアリスで、補佐役はこのエクスゼールという男らしい。態度だけを見ると逆に感じるが……少々、不思議なパーティだ。

いや、不思議なのはパーティではないか。

アリス＝フェルドラント。……どうも彼女から、形容《けいよう》し難《がた》い気配を感じる。

「では早速、面接を始めたいが……」

そう言って、ルシラはアリスを一瞥した。

「……もう少し、リラックスしてもよいのじゃ」

「す、すみません……」

アリスは耳まで真っ赤に染めて、俯《うつむ》く。

「書類によると……アリス、お主はエーヌビディア王国で冒険者として活動したが、一年前にアムド帝国へ移動したそうじゃのぅ。何故帝国に行ったのじゃ？」

「え、ええと、それは私が、冒険者になった理由と関係するのですが……私は昔、勇者リンに命を救われたんです」

勇者リンは、マイスタイン共和国出身の勇者である。今は確か二十歳前後で、既に数々の実績を残している、名実ともに優れた勇者だ。

「勇者リンに助けられた私は、自分もあんなふうに人助けができたらいいなぁ、と思って冒険者になりました。……て、帝国に渡ったのは、丁度その時、勇者リンが帝国にいるという話を聞いたからです。それで、もしかしたら会えるかもって、思ったんですけど……結局会えなかったので、帝国でも普通に冒険者として過ごしていました」

アリスは残念そうに言った。

勇者に救われたから勇者を志すようになったとは、なかなかドラマチックな生い立ちである。

隣に座るウィンリーンに軽く視線を注ぐと、彼女は静かに頭を振った。嘘ではないらしい。

「じゃあ、今回試験を受けたのも、勇者リンの影響か？」

「は、はい！　そうです！」

アリスは緊張した様子で頷いた。

志望動機が分かったところで、改めてアリスの書類を確認する。

「存在力は……5、か」

思わず呟いた。それだけ、特筆するべき点である。

実力はセレン級。

セレンと比べて知名度が高くないのは、ここ一年をアムド帝国で過ごしていたからだろう。

少しアリスのことが気になったので、俺も質問してみることとした。

「存在力は、どうやってここまで上げたんだ？」

「え、えっと、それは、普通にモンスターと戦って、ですけど……」

「一人でか？」

「はい。一人で、です。当時はまだ、今みたいにパーティも組んでいなかったので……」

それはまた、豪胆な生き方をしている。

あまり豪胆な気性の持ち主には見えないが、彼女もセレンと同類なのだろうか。

「一人で戦うことに、拘《こだわ》りがあったのか？」

「い、いえ、そういうわけではなく……」

アリスは言いにくそうに答える。

「その………と、友達が、少なかったので……」

「………そうか」

申し訳ないが、納得してしまった。

少なくともセレンのように、個としての強さを追い求める性格には見えなかった。友達がいないという理由の方が、まだ説得力はある。

「じゃあ、パーティを組んだのは、存在力を上げてからなんだな。……例えば、そこにいる補佐役のエクスゼールとは、どんな経緯でパーティを組んだんだ？」

「えっと、エクスゼールさんとは、アムド帝国の冒険者ギルドで知り合いました。わ、私が幾つか依頼をこなした後、一緒に依頼を受けないかと声を掛けてくれたんです。それで……意気投合して、一緒に活動することにしました」

意気投合というわりには、あまり距離感が近くないように見えるが……。

そんな俺の心境を見透かしてか、エクスゼールが口を開く。

「意気投合というより、利害の一致ですね。私は力強い前衛が欲しかったし、アリスは後方支援をしてくれる味方が欲しかったんです」

エクスゼールの補足に、俺は「なるほど」と頷いた。

「なんにせよ、存在力5というのは評価に値するな。よく一人でここまで鍛えたものだ」

「いいい、いえ！　わ、私なんて、たまたま強くなれただけで……」

メイルの言葉に、アリスは過剰なまでに謙遜した。

その態度……。

先程から、どうも気になっていたが――。

「……見たところ、少し気弱なところがあるようだ」

「す、すみませんっ！」

ガルバ宰相が、俺たち面接官の心境を代弁してくれた。

アリスは真っ白な顔を青く染めて謝罪した。その態度のことを指摘しているんだが……この性格は、お世辞にも勇者に向いているとは言えない。

「例えば……貴女《あなた》が勇者になった後、勝ち目がない戦いに挑まなければならないとする」

ガルバ宰相が言う。

これは、また例の……意地悪な質問だ。

しかしアリスの性格を知るには、最適な質問かもしれない。

「シチュエーションはなんでもいい。……そうだな、モンスターに襲われている民間人がいたとしよう。その民間人を守ることができるのは貴女だけだ。しかしそのモンスターは強く、勝ち目がない。……その時、貴女はどうする？　戦うか、それとも逃げるか……」

「え？」

アリスは、よく分からないところで疑問の声を発した。

「どうかしたのじゃ？」

「あ、い、いえ、大したことじゃ、ないんですけど……」

アリスは、今まで逸《そ》らしていた目を、真っ直ぐ俺たちに向けて言う。

「勇者なのに、逃げていいんですか……？」

その言葉に――俺を含む面接官の全員が、目を丸くした。

◆

勇者パーティ選抜試験、一次試験の面接が終了した。

「さて……ではこれから、誰を合格にするのか検討するのじゃ！」

ルシラが満面の笑みを浮かべて言う。

「冒険者以外の有名どころも多く集まったな。放浪芸人として世界中で活動している、風の踊り子ミレイ。辺境で自警団のリーダーを務める、動く砦《とりで》ラクス。魔の森で狩人《かりゅうど》として生きるサバイバルの申し子、緑影《りょくえい》のフゼン。戦いと料理の達人、鉄火槍《てっかそう》のフィーナ。そして魔道具学の権威、ハイゼン。……学者が応募していたことには驚いたが、実力さえあれば問題ない」

「うむ、ネットの言う通りじゃ。できる限り先入観をなくして判断するべきじゃろう」

書類を捲《めく》りながら言う俺に、ルシラは同意を示した。

公爵家が抱えるヴァンハルト騎士団の団長グロックに、王立学園の生徒まで応募しているようだ。ちなみにメイルのような近衛騎士も試験を受けることは可能だが、彼女たちは王族に対する忠誠を優先し、参加していない。

「魔法使いが少ないが……これは別に問題ないんだよな？」

「うむ！」

ルシラは元気よく頷いた。

「残念ながら、我が国は魔法の文化が遅れている。じゃがその代わりに、国家規模で龍と親交を結んでおるため、モンスターに関する産業が盛んなのじゃ！　特に、モンスターの素材で作られる特殊武装の製造数は、世界でも一、二を争うじゃろう！　……我が国の強みは、魔法ではなく特殊武装じゃ。無論、魔法を否定するつもりはないがのう」

世の中には魔法大国と呼ばれる国もある。ともすれば、エーヌビディア王国は特殊武装大国と言っても過言ではないだろう。

特殊武装は、モンスターの素材で作られる武器であり、その名の通り特殊な能力を宿している。特に、一部の特殊武装にはスキルというものが備わっており、これは通常の特殊武装と比べて更に特殊な効果を発揮する。

「一点、相談があるのじゃ。……ウィンリーン殿のおかげで、嘘をついている受験生は分かった。しかし妾は……何もこれだけで不合格にする必要はないと思っておる」

「殿下、私もその意見に賛成です。勇者パーティは国の政治にも関わりますから、いずれ交渉のテーブルにつくこともあるでしょう。……交渉事に嘘は必要です。宰相の視点から言わせていただくと、下手に清廉潔白で、政治を理解できない者に、勇者を任せたくはないですな」

宰相ならではの意見に、ルシラは「ふむ」と頷いた。

「存在力は最高で5か。欲を言えば6が欲しかったが……」

「問題ないと思うぞ。存在力5のセレンとアリスはどちらも若い。今後、勇者として活動するなら必ず6には上がるだろう。7は流石に、分からないけどな」

書類を見ながら発言したメイルに、俺は自分の考えを述べる。

国を代表する勇者には、最終的には存在力6以上に到達してもらいたい。だから俺たちは強くて、かつ成長する人間を選ぶ必要がある。

「アリス＝フェルドラントか……」

ガルバ宰相が顎に指を添えながら呟いた。

存在力5の一人。あの少女もやはり、良くも悪くも個性的だった。

「その……これは疑心暗鬼になっているわけではないんだが、彼女は本当に存在力5なのだろうか？　どうも、そうは見えなかったというか……正直、私には頼りなく見えた」

メイルの言葉には俺も同意する。

話すだけで伝わってくる気の弱さ。面接中は終始、まるで小動物のような態度だった。

「少なくとも、私の加護は反応していませんが……」

ウィンリーンも不安げに告げる。

「私は冒険者のことには詳しくないが、存在力は工夫次第で、実力以上のものを手に入れることができると聞いている。何重にも罠《わな》を張ることで格上のモンスターを倒したり、より強い仲間に手伝ってもらったり……彼女は、そのような手合いかもしれんな」

ガルバ宰相の想像も、否定できない。

一人で存在力を上げていたと言っていたので、仲間に頼ったという線はなさそうだが、やり方は他にも色々ある。罠を張ること自体は問題ではないが、あまりにも限定的すぎる手段を用いていた場合、実戦では役に立たないこともあるだろう。

俺は改めて、アリスのことを思い出した。

血管が透けて見えそうなくらい真っ白な肌に、小柄で細い身体。

おどおどした態度に、如何《いか》にも大人しそうな容姿。

見ただけでは――冒険者とすら思わない。

「最後の回答にも驚いたのじゃ。勇者なのに逃げていいのか……悪い言い方をすると、思考停止にも聞こえる言葉じゃが……」

あの発言には誰もが驚いたが、確かにそう捉えられるのも無理はない。だが――。

「……思考停止とは限らないぞ」

頭の中で、ある男のことを思い浮かべながら俺は言う。

「いつ、どんな戦いをしても、必ず勝てるように日頃から努力しておく。そういう覚悟の表れかもしれない。……少なくとも俺は一人、そういう奴を知っている」

世の中にはいるのだ。

まるで当然であるかのように、そのようなことを考えている人間が。

「慎重に、選ばないといけないな」

そう呟いて、メイルは静かに書類へ目を通した。

そもそも俺たちが今、選んでいるのは勇者である。勇者とは人間でありながら、人智《じんち》を超えた存在だ。それを理詰めだけで選抜するのは無理な話。各々が顔を突き合わせ、価値観と感覚をもとに議論するしかない。

（そう言えば……アリスの補佐役であるあの男は、目立った発言がなかったな）

補佐役は本来、リーダーを補佐するために面接に参加している。しかしその役割を馬鹿正直に守る者なんてほとんどいない。大抵のパーティでは、補佐役は隙あらばリーダーを持ち上げていた。そして少しでも面接に通過する可能性を上げようと努めていた。

ところが、あのエクスゼールという男は、本当にアリスを補佐するための必要最小限の発言しかしていない。せっかく、二人で面接に臨めるのに、その特徴を活《い》かしていなかったのだ。

あまり今回の試験に意欲的ではないのか。

それとも、何か別の目的があって補佐役になったのか。

「ネットさん」

ふと、ウィンリーンに声を掛けられる。

振り向いた俺に、彼女は一枚の書面を手渡してきた。

「貴方には、こちらのリストも渡しておきます」

「これは……？」

「加護は反応しませんでしたが、個人的に怪しいと思った人たちのリストです。……今まで沢山の人を見てきましたから、これでも勘は鋭い方だと自負しています」

そのリストには数人の名が記されていた。ここまで頼んだつもりはなかったが、ウィンリーンは自主的に必要だと感じた作業をしてくれたらしい。

「助かる。……俺の作ったリストと、大体同じだな」

「ネットさんも作っていたんですか？」

「俺も沢山の人を見てきたからな。……昼休憩の時に言っただろ？　ウィンリーンだけに頼るつもりはないって」

そう言って俺は、面接中にメモ書きした怪しい人リストをウィンリーンに見せた。

ウィンリーンが目を見開く。俺たちのリストは、九割近くが同じ内容だった。

共和国では圧倒的なカリスマ性を誇るウィンリーン。そんな彼女のお墨付きがあるなら、俺はこのリストを信頼してもいいだろう。

「ルシラ。予定通り、そろそろ俺は動くぞ？」

「うむ。頼りにしているのじゃ」

二枚のリストを持って、俺は部屋を出た。

ウィンリーンの協力により、見破れる嘘をついた受験生は、面接で明らかになったはずだ。

ここからは――見破れない嘘をついた受験生を、暴かねばならない。

「さて――招かれざる客を、処理するとしよう」

◆

勇者パーティ選抜試験には、リスクがある。

なにせこれだけ大々的に受験生を募るのだ。受験生の中には、他国からの工作員も紛れ込んでいるに違いない。先程ガルバ宰相も言っていたが、勇者パーティと政治は切っても切り離せない関係である。つまり勇者の件に深入りすればするほど、政治的な情報も掴みやすいのだ。

これから俺が行う仕事は――そんな工作員たちを排除することだ。

王城の客間を借りた俺は、ポーチの中に入っている通信石を全てテーブルの上に広げた。

（……ウィンリーンが持つ審理神の加護は、極めて強力だ）

だからこそ、彼女の名は共和国で轟《とどろ》いている。

（あの加護を無効化できる特殊武装なんて滅多にない。それだけ稀少価値の高いものをこの国に持ち込んだ人間がいるとしたら……ほぼ確実に、情報が漏れている）

そして、情報が漏れているなら――調べることができるはずだ。

俺が作成したリストと、ウィンリーンが作成したリスト、二枚の書面をテーブルに置いた。

急拵《きゅうごしら》えの嘘は、ウィンリーンが看破してくれた。

ここからは綿密に練られた嘘を暴かねばならない。

敵は、最初から嘘をつくつもりだった受験生だ。しかも審理神の加護のような、嘘を見破る能力に対する対策をわざわざしている相手である。

つまり――確実に悪意がある。

その悪意は、早ければ今日にでも牙を剝《む》くだろう。

（さて、今回俺が頼るべき相手は……）

自分にこれといって特別な能力がないことは知っている。

だから俺は、いつも誰かの手を借りる。

無数の手札の中から、最適な一枚を選ぶような感覚に近いが、俺が選んでいるのは人であることを忘れてはならない。

通信石のフレームを時計回りに撫で、目当ての連絡先へ発信する。

「……悪いな、急に連絡して。今、時間あるか？」

通信の相手は、あらゆる物品の在り処《あか》を知る者だ。

文房具から魔道具、特殊武装、果ては国宝まで、この世で流通している物ならば何でも知っている男である。特殊武装という実態のある物を探るなら、彼に頼ればいいだろう。

「審理神の加護を無効化できるような、特殊武装の在り処について教えてほしい」

◇

夜の帳《とばり》が下りて、街がすっかり静まり返った頃。

勇者パーティ選抜試験が始まったことで、昼間はあれだけ賑やかだった王都は、まるでその疲れを癒やすかのように穏やかだった。

そんな静かな闇を、不穏な気配が横切る。

闇夜に紛れる黒い外套《がいとう》を羽織った複数の男たちが、軍事基地の近辺に潜んでいた。

「流石に警備が厳重だな」

「ああ。しかし、選抜試験が進むにつれて変化もあるはずだ。チャンスはある」

そう言って男は、眼前にそびえ立つ壁を睨んだ。

この壁に向こうに、エーヌビディア王国軍の基地がある。王族を直接護衛する近衛騎士団は王城に駐在しているが、それ以外の常備軍はこの基地に滞在しているとのことだ。

流石に軍事基地なだけあって警備は厳しい。だが、勇者パーティ選抜試験ほど大規模なイベントを催すなら、警備の手をそちらへ注がねばならない。

その隙を突いて――侵入する。

「試験は全部で一週間だ。それまでに突破口を見つけるぞ」

選抜試験が終わり、平時の警備体制へ戻るまでにケリを付ける。

突破口は早めに見つけておきたい。男たちは慎重に基地を観察していたが――。

「残念ながら、その突破口が見つかることはない」

背後からの声を聞いて、男たちは一斉に振り向いた。

外套の内側に隠して持っていた武器を、各々が取り出す。剣、ボウガン、ナイフ。男たちはそれらを構えたが――戦意は一瞬で霧散した。

「ば、馬鹿な……レーゼ＝フォン＝アルディアラ……っ!? どうして、ここにッ!?」

そこにいたのは、存在力6の冒険者――レーゼだった。

かの有名な冒険者パーティ『白龍騎士団』の団長である。

瞬時に男たちは悟った。――戦闘になれば、勝ち目はない。

まずは生き残ることが先決だ。男たちは慎重に、話し合いを始めようとするが――。

「お前たちには、スパイ活動の容疑がかかっている」

レーゼは平然と、そして淡々と、男たちの正体を見抜いてみせた。

男たちは動揺を押し殺し、レーゼを睨み続ける。

「ふ、ふざけるな！　そのような証拠がどこにある!!」

「この状況で証拠が必要か？」

「当然だ。……我々は何もしていないのだから」

厳密には、まだ何もしていない。

丁度これから、基地へ侵入するための突破口を模索するところだった。

間一髪とはこのことだ。男たちが焦燥の中に、微かな安堵《あんど》を感じていると、

「ふむ……あまり手を煩わせたくなかったが、なるべく穏便に済ませろとも言われているし、まあいいだろう」

レーゼは独り言を呟いて、懐から何かを取り出した。

それを、手前にいた男に向かって投げる。

「通信石だ。出れば分かる」

特殊な宝石を加工した魔道具だ。男は警戒しながらも、その道具を受け取った。

『通信石越しで悪いな。手短に、説明させてもらおう』

「……その声、面接官の一人か」

『ああ、覚えててくれたのか』

興味なさそうに、通信の相手は言った。

男は選抜試験の受験生として、この通信の相手と会っていた。……不可解な人物だったことを覚えている。面接官は五人いた。選抜試験を主催するルシラ王女、試験監督を務める近衛騎士メイル、国王の右腕であるガルバ宰相に、共和国で絶大な人気を誇るウィンリーン。

そんな錚々《そうそう》たる顔ぶれの中に、一人だけ交じっていた冴《さ》えない青年が、この通信の相手だ。

『身分や名前など、色々偽って試験に応募してくれたところ申し訳ないが、お前たちの正体はもう割れている。……イオニス＝ギルベルト、ラーゲン＝フラベル、ディエゴ＝ブラジ。これがお前たちの本名だな』

「っ!?　……何のことだか、分からないな」

『少数精鋭の犯罪組織だから、バレないとでも思ったか？　……六年前、ビゼン徴税官に雇われ、増税に反対していたクルト村の村長を闇討ちした件が初犯だな。以来、暗殺を主に取り扱ってきたようだが、稼ぎの少なさに度々不満を漏らしていたようじゃないか。お前たちが贔屓《ひい》屓《き》にしている酒場……金の豚亭だったか。あそこの給仕が、お前たちはマナーが悪いと困っていたぞ。ツケ払いは程々にしておけ』

息が止まるほどの衝撃だった。

流暢《りゅうちょう》に語られた情報は、全て事実だ。

調べられている。

何もかもが――見抜かれている。

『今回の依頼主《クライアント》は、共和国の軍人だな。目的はエーヌビディア王国の軍事機密を盗むこと。ご丁寧に、情報を隠蔽する魔道具まで貸してもらったみたいだが……お前たちの仕事はここで終わりだ。お目当ての高額な報酬も、諦めてくれ。勿論、お前たちの依頼主も捕まえる』

「あ……う、ぁ……っ」

額から垂れた冷や汗が、顎を伝って地面に落ちた。無言でこちらを眺めているレーゼの姿が霞《かす》む。男は、目の前にいるレーゼより、この通信相手の方が恐ろしく感じた。

どこで、どうやって――こんなに早く、自分たちのことを調べた？

今まであえて泳がせておいて、そして今捕まえに来たと説明された方が、まだ納得できる早さだ。しかし、この男にそんなことをする理由はない。

「話は終わったようだな。……無抵抗でいてくれると助かる」

近づいてくるレーゼに、男は項垂《うなだ》れながら通信石を返した。

抵抗の意思は微塵《みじん》もない。心が、折れている。

レーゼは、大人しくなった男たちを見据えながら通信石を受け取った。

「これで四件目か。……思ったよりも、鼠《ねずみ》が入り込んだな」

『勇者パーティの選抜試験は、滅多にない大規模なイベントだからな。警戒されていると分かっていても、この機を逃したくない連中が多いんだろ』

通信石の向こうから、ネットの声が聞こえる。

なるほど。敵もある程度は捨て身の覚悟で工作員を派遣しているのかもしれない。

「しかし、今回は随分と情報収集が早かったな。いつも通り人脈を駆使したんだろうが、またとんでもない相手を頼ったのか？」

『加護や特殊武装の在り処を探るために、流通の神を頼ってみた。流石に神と言われるだけあって、情報はどれも正確だったな』

「流通の神……商人の世界には詳しくないが、その異名は知っているぞ。確か、忙しすぎて会話するだけでも金を取られると噂の人物だな」

『割引券を使ったから安く済んだぞ。……選抜試験が終われば、支払いに行かないとな』

そういう問題じゃないが……この男も大概ぶっ飛んでいる。

本人が凡人を自称しているのは、頼る相手が皆個性的だからだろう。

『レーゼ。悪いが、もう二件ほど同じようなことを頼む』

「承知した。……ふふっ」

『どうかしたのか？』

「いや、なに。ここ最近、私はよくネットに頼られていると思ってな」

『次からは遠慮した方がいいか？』

「いや、どんどん頼ってくれ。……私は嬉しいんだ」

嬉しい？　とネットは訊き返した。

「この世界には、お前に頼られたくてウズウズしている人間が山ほどいる。私もその一人というだけだ」

『……そんな物好き、そう多いとは思えないが』

「無自覚か……相変わらず罪作りな男だな」

レーゼは「いつか刺されるぞ？」と言おうと思ったが、その時は自分が守ればいいだけかと考え、言葉を止めた。

◆

その後、レーゼは更に一組のパーティを拘束した。

秘密裏に動いている工作員たちを、できるだけ逃がすことなく捕まえるには、目立った行動を避けたい。そのため今は『白龍騎士団』ではなく、レーゼ一人に協力してもらっている。

今回も色んな人たちから話を聞いて、工作員たちの正体を探ることができた。パン屋の店主アルミン。薬屋の従業員テミス。狩人レノン。宿屋の経営者フリップ。酒場の給仕シャイナ、
そして——流通の神。

商人たちの間では、神と崇《あが》められるほどの人物だ。親から受け継いだ小さな雑貨店を世界最

大の商会にまで発展させ、国内外に大量の店を開いてみせたという生い立ちは、今では書物となって普及している。

向こう二十年、一分刻みでスケジュールが埋まっている男だが、頼んでみると案外すんなりと協力してくれた。「お前は特別枠」と言われたが、あれはどういう意味だろうか。割引券を貰っていることが関係しているかもしれない。

（これで、残り一件か……）

軽く背筋を伸ばしながら窓の外を眺める。

すっかり暗くなった王都の街並みは、静かで、まるで漂う雲のように緩やかに時が進んでおり、ポツポツと見える照明の光は温かな人の営みを感じさせた。

その裏に蠢《うごめ》いている悪意を、俺とレーゼは淡々と処理していた。

『ネット』

通信石からレーゼの声が聞こえる。

俺は再びテーブルに視線を戻した。

『大したことではないが、念のため報告しておこうと思ってな。最後の一組……男爵が雇ったとされる工作員についてだが、想定した場所にいなかった』

「いない？　そいつらの目的は試験の妨害だから、二次試験の会場付近で何か仕掛けていると踏んでいたが……予想が外れたか？」

その男爵の目的は、選抜試験を失敗させ、国王の信頼を失墜させることだ。いわゆる権力闘争である。国王という生き物は、いつだって国内の貴族に敬われるし、敵視もされる。敵は今日、動かなかったのか？　……いや、選抜試験は一週間で終わるのだ。彼らにとってもスケジュールに余裕はないはずである。

『念のため周囲を警戒しておく』

「ああ、頼む。俺も少し探してみよう」

俺は選抜試験の運営サイドだから、試験会場には自由に出入りできる。

工作員たちは面接で俺の顔を見ている。つまり、俺のことを運営サイドの中でもそこそこの権力者と認識しているはずだ。である以上、安易に俺を殺すような真似《まね》はしないだろう。

王城の外に出て、二次試験の会場へ向かう。

その途中——目の前に、金髪の少女が立ち塞がった。

「こんばんは」

夜空の下。街灯の光が少女を照らす。

その顔に、俺は見覚えがあった。

「……セレン＝デュバリス」

かつて、レーゼの好敵手と呼ばれていた人物。

今日の面接でも顔を合わせた彼女は、路地裏から何かを引き摺《ひず》って出てきた。

「探し物は、これですか？」

そう言ってセレンは、その手で引き摺っていたものを俺の足元に転がした。

それは、レーゼに拘束してもらう予定だった工作員たちの姿だった。全員、微かに動いているから死んではいない。気絶しているだけだ。

「お前が、倒したのか」

「ええ。よからぬことを、していましたので」

セレンは淡々と告げた。

この男たちが工作員であることは、現時点で俺とレーゼ、そして選抜試験の運営に関わるルシラたちしか知らないはずだ。つまりセレンは、現行犯で男たちを捕らえたのだろう。

「……伊達に、雷帝と呼ばれていないな」

ぴくり、とセレンは小さく反応を示す。

「雷獣エボルの血と骨を素材にした、特殊武装《雷々幻華《らいらいげんか》》の使い手……あの武装を使いこなすには、抜群のセンスが必要と言われているみたいだが……それ故の存在力5か」

「……流石、情報を集めるのが早いですね」

セレンは俺の特技についても知っているらしい。

だがそこには侮蔑の感情があった。

「どうせなら、面接前から知っておくべきだったと思いますが」

「受験生の全員を調べるのは流石に骨が折れるだろ。悪いが、お前以外にも注目している受験生はいるからな」

そう言うと、セレンはムッとした表情を浮かべた。

実力は高いが、精神年齢は年相応のようだ。

「……レーゼを使っていたんですか？」

セレンが、静かに訊く。

「今夜、王都の各所で戦闘の気配がありました。指示を出しているのは貴方だとして……従っていたのは、レーゼですね」

確信を持っている様子のセレンに、俺は「ああ」と頷いた。

「――余計な真似を」

恨みの込められた声音で、セレンは言った。

今の会話のどこが気に入らなかったのか、怪訝《けげん》な顔をする俺に、セレンは語る。

「レーゼに、仲間という名の弱さを与えたのは、貴方です」

「……どういう意味だ」

「『白龍騎士団』が生まれた切っ掛けは、貴方ですよね。ネット＝ワークインター」

セレンは眦鋭くこちらを睨みながら言った。

「私はレーゼのことを尊敬していました。彼女なら、世界最強の一角……存在力７にすら到達すると思った。しかし、レーゼは『白龍騎士団』を結成してから腑抜《ふぬ》けになってしまいました。自分のことより仲間を優先し、強さへの執念も捨て……レーゼは、牙が抜けてしまった」

やがてセレンは、わなわなと身体を震わせた。

「それまでの私たちは、顔を合わせる度に有意義な会話をしていたんです。なのに、レーゼは貴方と出会ってから、いつも貴方の話ばかりして……っ！　ネットが凄いだの、ネットの力になりたいだの……っ！　ラ、好敵手である私のことより、貴方のことばかり……っ！」

静かに話を聞いていた俺は、そこで「ん？」と首を傾《かし》げた。

なんだか、途端に私怨が入ってきたような……。

「……もしかして、嫉妬してるのか？」

「は、はぁっ!?　なんでそうなるんですかっ!?」

「いや、俺のせいでレーゼに構ってもらえなくなったから、怒ってるのかと……」

「ふ、ふ、ふざけないでくださぃ!!　誰がそんな、あ、貴方なんかにっ!!」

セレンは顔を真っ赤に染めて叫んだ。

この深夜に近所迷惑である。

「と、とにかくっ！　私は、貴方を認めません」

セレンは自分を落ち着かせるために、ゆっくりと呼吸して言う。

「『白龍騎士団』も、貴方も、私は嫌いです……っ！」

そう言って、セレンは踵《きびす》を返《かえ》した。

少女の背中が見えなくなった直後、

「ネット」

背後から、レーゼが声を掛けてきた。

「話は聞こえなかったが、見ていたぞ。セレンと言い争っていたみたいだが……む？　この気を失っている男たちは、例の工作員か」

その辺りの説明は、後ほどさせてもらうとして……。

「……レーゼ。もしかしてセレンに、俺のことを色々言ったんじゃないか？」

「ああ、ネットのことはよく話題に出していたぞ。セレンにも、ネットの素晴らしさを知ってもらいたいと思ってな！」

深く、溜息を吐いた。

セレン＝デュバリス……彼女はただの、レーゼのファンだ。

［第二章］勇闘祭

一次試験の三日後。

宿屋・風龍の泉亭で目を覚ました俺は、日が昇り始めたばかりの白みがかった空を見て欠伸《あくび》をした。ベッドから下りると、冷たい隙間風が肌を撫でる。

「……今日は、二次試験か」

面接の合格者は昨日発表された。その数、二十四パーティ。受験生のうち、おおよそ三分の一のパーティが二次試験へ進めたことになる。

(予定より早いが、城に向かうか)

顔を洗い、着替えてから部屋を出た。

階段を下りて宿屋のフロントに向かう。

すると、すぐ隣の食堂でうたた寝しているリーシャを見つけた。テーブルに頬をつけて、手入れが行き届いた橙色《だいだいいろ》の髪を垂らし、気持ちよさそうに寝ている。

「はれ……？　れっとさん……？」

足音で目を覚ましたのか、リーシャは寝ぼけた様子でこちらを見た。

「おはようリーシャ。こんなところで寝ると風邪をひくぞ」

「はい……おはよう、ございま…………っ!?」

眠たそうに挨拶をしたリーシャは、次の瞬間、目を見開く。

「すすす、すみません！　寝ぼけてしまって――っ!?」

リーシャは顔を真っ赤にして、崩れた髪型を手で整えた。それから、涎《よだれ》が垂れていたことにも気づき、慌てて手の甲で拭う。相当、油断していたらしい。

「何かしていたのか？」

「は、はい。その……今日は外出する予定でしたので、お弁当を作っていたんですが、早起きしすぎちゃって、うっかり寝てしまいました」

リーシャは恥ずかしそうに笑った。

「外出か。ということは、今日は仕事が休みなんだな」

「はい！　本日、風龍の泉亭は、夜までお休みです！　というか、今日は風龍の泉亭だけでなく、色んなお店がお休みになると思いますよ！」

眠気も覚めたのか、リーシャは目を輝かせて言う。

彼女が興奮している理由は、すぐに分かった。

「二次試験の、観戦か」

「ええ！　今日は待ちに待った二次試験……勇闘祭《ゆうとうさい》の日ですからっ！」

勇者パーティ選抜試験の二次試験は、一次試験を通過したパーティたちによる、バトルロイヤルである。ルシラは、この試験のために王都の中心に巨大な闘技場を用意して、大勢の観客を動員できる客席も用意してみせた。かつては劇場として親しまれていた場所を再利用しただけとのことだが、それにしても迅速な準備である。

かくして、二次試験のバトルロイヤルは、誰でも気軽に観戦できる上に、その内容も熾烈《しれつ》な戦いになるだろうと予測されることから、イベント性の高いものになった。

運営側としても、勇者パーティ選抜試験は注目されるにこしたことはない。

よって、俺たちはこの二次試験を勇闘祭と名付け、国家規模のイベントとして盛り上げることにした。その作戦は奏功し、国民のボルテージは今、最高潮に達している。

「……そこまで盛り上がってくれるなら、企画してよかったな」

「企画？」

思わず独り言を呟くと、リーシャが首を傾げた。

「一応、勇闘祭の発案者は俺なんだ」

別に隠していることではないので正直に告げる。

するとリーシャは一瞬だけ目をまん丸に見開いたが、やがてぎこちなく笑った。

「ま、またまた〜、ご冗談を。……ネットさんが、近衛騎士団の騎士と仲良くしているという噂は耳にしていますが、流石にそこまでの立場ではないですよね？　以前も、お仕事は軽い雑用だって言っていましたし……冗談にしても大袈裟《おおげさ》すぎますよ～？」

リーシャは全く信じてくれなかった。

「ところで、ネットさんは今日も朝早いですけど……お仕事ですか？」

「まあな」

「う……そ、そうだったんですね。すみません、私だけ浮かれてしまって」

別に俺は仕事中でも勇闘祭を観《み》られる……というか、観ることが仕事なので、何とも思っていないが、リーシャは申し訳なさそうな顔をした。

「あ……ネットさん。ちょっと待ってもらっていいですか？」

唐突に、リーシャは何かを思いついた様子で言った。

頷くと、リーシャは小走りで食堂の向こうにあるキッチンへ向かう。

やがて帰ってきたリーシャは、その手に小さなかごを提げていた。

「その、これ……よければどうぞ。余り物で急いで作ったので、味は保証できませんが……」

そう言ってリーシャがかごの中から取り出したのは、できたての弁当だった。

色とりどりの具材を豊富に使った、サンドイッチが沢山入っている。

「ありがとう。凄く助かる」

「いえ、そんな……あ、でも他のお客さんには内緒にしてくださいね？　ネットさんは常連ですから、特別サービスです」

唇の前で人差し指を立てて、リーシャは言う。

「お仕事、頑張ってくださいね。応援してます！」

ありがたい声援だった。

食事も、ここ最近は適当に済ませることが多かったので、非常に助かる。

リーシャと別れた俺は、宿を出て、ルシラたちが待つ王城へ向かった。

（……いい感じに、街全体が浮かれているな）

まだ早朝なのでそこまで賑やかではないが、それでもいつもと比べて人通りは多い。街のいたるところに、勇闘祭の広告や案内板が設置されていた。王都の住民たちも、このお祭りを全力で楽しみたいらしく、自主的に街を飾り立てている。

街灯と街灯の間に吊《つ》るされた、アーチ状の飾りを眺めながら、俺は王城の門に着いた。

門の両脇にいる二人の衛兵が、俺の顔を見て無言で頭を下げる。

俺は軽く会釈して、門を通過した。

（今更だが、ただの冒険者が顔パスで王城に入れるのは、どうなんだ……？）

便利ではあるが、時間がある時にでも指摘した方がいいかもしれない。

そのまま城内に入ろうかと思ったが、まだ時間に余裕があることを思い出す。

少し時間を潰すために、庭園へ寄ることにした。

『む、誰じゃ』

庭園に足を踏み入れると同時、誰かの声が響いた。

頭に直接響くような、少女の声だ。

目の前には——真っ白な龍が佇んでいた。

「ルシラ。龍の姿になっているのか？」

『ネットか。……うむ。すぐに戻るのじゃ』

龍化したルシラの身体が淡く発光する。

白い龍は、あっという間に少女の姿に戻った。

「何してたんだ？」

「日光浴じゃ！」

年寄りの趣味である。

「む、何じゃその目は。龍の身体で日光浴をすると、気持ちいいんじゃぞ？」

「……そうなのか」

それは知らなかった。

表面積が増えるから、その分、気持ちがいいのだろうか。……いや、植物じゃあるまいし。

「まあ日光浴を抜きにしても、妾は龍化病になってから、たまにこの庭園で身体を龍にしていたからのう。染みついた習慣じゃから、続けないと落ち着かないのじゃ」

そう言えば、俺が初めてこの庭園を訪れた時も、ルシラは身体を龍化していた。あの時は発作で仕方なくだったが、今回は自主的な龍化だ。

「もうすっかり龍化を使いこなせるようになったな」

「うむ！　今ではこんなこともできるのじゃ！」

そう言ってルシラは、右腕を龍のものに変えた。

肘から先が白い鱗《うろこ》に覆われ、手首の辺りからは鋭い爪が伸びていた。しかし、大きさは人間の腕のままである。まるで頑強な篭手《こて》に覆われているかのようだ。

順調に龍化を使いこなすルシラを見て感心していると、城の廊下を歩いている従者と目が合った。従者は俺の姿を見て、それから――腕を龍化させているルシラを見る。

従者は……特に変わった表情を浮かべることなく、静かに頭を下げて立ち去った。

「……ルシラの龍化病が発覚した時は、正直どうなるかと思ったが、周りの人たちともすっかり元通りの関係に落ち着いたようだな」

安堵とともに、俺は言う。

しかしそれを聞いて、ルシラは複雑な面持ちを浮かべた。

「ううむ……残念ながら、完全に元通りというわけではないのじゃ」

言いにくそうに、ルシラは告げた。

「平民は受け入れてくれるのじゃ。しかし貴族や王族は、衆目に曝《さら》される身。即《すなわ》ち外見を意識する。……これを受け入れてくれる貴族など、そういないのじゃ」

そう言ってルシラは、自身の右腕を人間のものに戻した。

言われてみれば、俺の周りにいる龍化病の感染者たちは、冒険者ばかりだ。王族で龍化病に感染した例を、俺はルシラしか知らない。

「……悪い、配慮が足りなかったな」

「いや、妾は別に気にしておらん。なのでネットも気にする必要はないのじゃっ！」

ルシラは屈託ない笑みを浮かべて言った。

「ただ、父上は気にしておる。縁談の相手をどうするか、頭を悩ませているようじゃ」

「縁談って……ルシラの、だよな？」

「妾以外に誰がおるというのじゃ」

王族らしい悩みだ。まだ幼いというのに、もう将来添い遂げる伴侶について考えなくてはならないらしい。

「まあ、心配はしていないのじゃ。いざという時はネットを婿にすればいいだけじゃし」

「そうだな。…………………………は？」

そのまま流してしまいそうになったが、妙なことを言われた気がした。

「お主なら、父上も反対しないと思うのじゃ！」

「いや、そんなことはないだろうし、大体俺の意思は……」

困ったふうに苦笑すると、ルシラは瞳を潤ませて、こちらを見た。

「駄目、なのじゃ……？」

肌が触れ合う寸前の距離で、ルシラに上目遣いで見つめられる。

元々ルシラは幼いながらも容姿端麗で、将来は絶世の美女になること間違いなしの容貌である。そんな少女に、こうも可愛《かわい》らしく迫られると、込み上げてくるものがあるが――。

「……そういう冗談が言えるなら、悩んでないってことだな」

「む……まあそうじゃが、もうちょっと動揺してもいいと思うのじゃ」

「五年後のルシラに同じことをされたら、マズかったかもしれない」

唇を尖《とが》らせるルシラに、俺は苦笑した。

「今は縁談よりも、やるべきことが山ほどあるからのう。勇者パーティ選抜試験もその一つじゃ。……妾のことは、そういうのを全部終わらせてからじゃな」

年頃の少女かと思えば、王女の威厳を醸し出す時もある。

尊敬に値する少女だ。インテール王国を出た後、エーヌビディア王国に向かって良かったと思う。おかげで俺はルシラと出会うことができた。

「ところでネットよ。五年後なら、問題ないのじゃ？」

その質問には、慎重に答えないといけない気がした。

問題があるかどうかはともかく……。

「……少なくとも、五年後なら真剣に考えるだろうな」

「ふむ。……まあ今は、それで満足しておくのじゃ」

ルシラが今、何を考えているのかは知らないが、知らないままの方がいい気がした。

軽く周りを見回す。部外者はいない……丁度いい。今、話すか。

「ルシラ。二次試験の前に、少し話したいことがある」

微かに声を潜めて伝えると、ルシラはすぐに真剣な表情を浮かべた。

俺の声音から、真面目な話題だと察したのだろう。

「一次試験が終わってから、俺はウィンリーンの意見を頼りに、怪しいパーティをずっと調査していた。ただ……どれだけ時間を掛けても、一組だけ調べきれないパーティがあった」

調べきれない？　と首を傾げるルシラに、俺は頷いた。

「正確には、どれだけ調べても、不自然な点が何一つ出ないパーティがあるんだ」

「それは……潔白という意味ではないのじゃ？」

「潔白すぎる。いっそ怪しいくらい、何も出てこないんだ」

ルシラが得心した様子で頷く。

「不合格にするだけなら簡単だが、怪しいという理由だけで落とすには惜しいパーティだからな。もう少しだけ様子見をさせてほしい」

「うむ、承知したのじゃ。ネットを信用しよう」

ルシラから、全幅の信頼が寄せられていることを実感した。

なら俺は、責任をもってそのパーティを監視しておくことにしよう。

「それで、そのパーティとは……？」

神妙な面持ちで訊くルシラに、俺は小さな声で耳打ちした。

ルシラは、意外そうに目を丸くした。

◆

すり鉢状の闘技場に、大勢の観客が集まっていた。

かなり多くの客席を用意していたはずだが、既に満席になっているらしく、立ち見席は人がぎゅうぎゅう詰めになっていた。『白龍騎士団』の若手が整理・誘導をしている。

『ご来場の皆様、お待たせいたしました。ただ今より、勇闘祭の開会式を行います』

会場の中心で、試験監督のメイルがアナウンスを響かせる。

その瞬間、会場に歓声と拍手が轟いた。まるで火山が噴火したかの如く、観客たちの熱気が溢《あふ》れ出《だ》す。大気がビリビリと揺れているように感じた。

『大会の開催に先立ちまして、エーヌビディア王国王女、ルシラ＝エーヌビディア様よりご挨拶を頂戴いたします』

そう言ってメイルは壇上から下りた。

そして、銀髪の少女が現れる。

『ルシラ＝エーヌビディアじゃ！　皆の者、本日はよく集まってくれたのじゃ！』

再び、割れんばかりの歓声が響いた。

毒魔龍討伐の一件から、国民のルシラに対する注目は日に日に増している。

勇者パーティの選抜という、この国の新たな未来を生み出すイベントにおいて、今最も話題性のあるルシラの登場は最高のパフォーマンスとなっていた。

『これから始まる勇闘祭は、正式には、勇者パーティ選抜試験の二次試験となる。……先日行われた一次試験を通過したのは二十四パーティ。今回の勇闘祭では、それを更に十パーティまで絞らせてもらうのじゃ』

勇闘祭はただのお祭りではない。

気を引き締めるように語ったルシラに、観客たちも一度落ち着きを取り戻す。

『エーヌビディア王国が勇者パーティを派遣するのは、今回が初めてのこととなる。じゃから妾は考えた。一体どのような者たちが、我が国を背負う勇者パーティに相応しいのか……』

客席にいる人々を眺めながら、ルシラは続ける。

『その答えが、この勇闘祭じゃ』

ルシラは力強く告げる。

『どうか皆の者には、この勇闘祭で見極めてほしい。ここに集った強者たちが、果たして我が国を背負うに相応しい、勇者の器を持っているのか。——その才能を、その能力を、その知略を、その人格を、どうかお主たちの目で確かめてもらいたいッ!!』

毒魔龍を倒したとされる、新たな英雄が、国を想《おも》って叫ぶ。

『我が国にとって、この戦いには大いなる意義と責任がある！　故に、選手たちよ！　どうか全力で示してもらいたいッ！　お主たちの意志を——国を背負う覚悟をッ!!』

まるで、己も一人の選手であるかのような気迫で、ルシラは告げる。

『これより、二次試験——勇闘祭を開催するッ！』

ルシラの声が会場に響き渡った瞬間、それを掻き消すように歓声が爆発した。

まるで巨大な稲妻が降ってきたかのような、雷鳴の如き声が弾《はじ》ける。

観客たちの興奮が、会場中に伝播《でんぱ》した。様子を見ていた俺の掌《てのひら》に、じわりと汗が滲《にじ》む。

歴史的瞬間に相応しい空気だ。きっとこの光景は、来年には教科書に載るだろう。

『さあ！　ここからは私《わたくし》、歓楽街の賑やかしこと、ファイナ＝パレットが実況を務めさせていただきます！　このような光栄なお仕事を任せていただき大変感謝しています！　王族御用達《ごようたし》の実況を目指しますので、またの機会があれば是非お願いいたします！』

実況を任された女性、ファイナのお茶目な発言に、観客たちがどっと沸いた。

王族御用達の実況とは、なかなか変わったキャリアを目指している。

『なお私、普段は歓楽街でショーの司会を務めていますが、こう見えてB級冒険者でもありますので、今回はしっかり選手たちの戦いに食らいついていきたいと思いますっ！』

客席の方から「おぉ」と感心するような声が聞こえた。

『続いて、解説の方にも自己紹介をしていただきましょう！』

『はい……解説のリッター＝セイゼルです。普段は宮廷魔導学研究所で、魔道具に関する研究をしています。Bブロックに出場する選手、ハイゼンとは同僚です』

解説を任された男、リッターの自己紹介を聞きながら、俺は会場の関係者用スペースに入った。細長い廊下を抜けて、階段を上ると、壁がガラス張りになっている観戦席へ着く。多分どの客席よりも見晴らしのいい場所だった。ここから試合を観られるのは運営側の特権だ。

「ネット、もうここに来ていたのか」

反対側の通路から部屋に入ってきたメイルが、俺に気づいて声を発した。

「試験監督もすっかり板についてきたな。最初の挨拶、よかったぞ」

「そ、そうか？　まあすぐにルシラ様と代わったが……そうか。上手くできていたか」

メイルは込み上げる感情を抑えきれず、にまにまと笑みを浮かべた。

「ただ……実況と解説は雇ってよかった。私にあの喋《しゃべ》りは無理だ」

「……まあ、あれはプロだしな」

確かにあの喋りをメイルがしている姿は想像できない。

二次試験を勇闘祭と名付け、イベントとして盛り上げると決めた時点で、実況と解説は外部から雇うと決めていた。勇者パーティ選抜試験の運営は、その大半が国の政治に関わる者たちなので、彼らが実況や解説を務めるとお堅い空気になってしまうと考えたからだ。

『それでは、Aブロックの選手――入場ですッ!!』

歓楽街の賑やかしが、選手の入場を告げる。

Aブロックに所属するパーティたちが、次々と姿を現した。

「ネット。お前はこの戦いの行方……どうなると思う？」

メイルの問いに、俺は選手たちを眺めながら考えた。

現在、生き残っているパーティの数は二十四。勇闘祭ではそれをAブロック、Bブロックに分けるため、一つのブロックでは十二パーティが戦い、五パーティが勝ち進むことになる。

これから始まるAブロックには、有力な選手たちが数多くいた。

その中でも、やはり一番注目を浴びているのは――金髪の少女だ。

「最有力候補は、やっぱりセレン＝デュバリスだな。存在力5は大きい。この中で唯一、パーティを組んでいないが……人数差を覆す程度の実力はあるだろう」

もう一人の存在力5であるアリスは、Bブロックに出場するため、この二人が勇闘祭で戦うことはない。だから存在力だけで言うなら、Aブロックはセレンの独壇場である。

「次点は、動く砦ラクスだな」

「モンスターの数がとびきり多いルメス男爵領で、自警団のリーダーを務めている男だな。二つ名の通り、砦の如き耐久力を持つことが特徴的だとか」

メイルも試験監督として、選手たちの情報を一通り頭に入れてきたようだ。

的確な説明に、俺は首を縦に振る。

「他にも鉄火槍のフィーナや、風の踊り子ミレイなど、注目している選手は結構いるが……個人的に気になるのは、ハーティア＝ティルレイスだ」

選手たちが戦う円形のフィールドにいる、紫紺の髪を一つに結んだ少女を見る。

「ティルレイス侯爵家の次女か。どうして彼女が気になっているんだ？　……まさか見た目が好みとは言わないだろうな」

「言うわけないだろ。……まあ確かに、整っているとは思うが」

じっとりとした目でこちらを見るメイルを、俺は無視しながら説明した。

「ハーティア＝ティルレイスは、王立ロワーナ学園の冒険科首席らしい。学生代表として、どのくらい戦えるのか気になっているんだ」

ハーティアの周囲には三人の男女がいた。全員、学生服を着ている。同級生だけでパーティを組んだと、面接では説明していた。

冒険科ということは、文字通り冒険に関することを学んでいるのだろう。ハーティアは貴族らしいが、領地の運営に全く関係のない分野を学んでいる辺り、だいぶ自由を許されている立場らしい。恐らく次女であることが理由だとは思うが……。

勇者パーティは、世界中を旅することで自国に貢献する。一方、貴族は国に留まって領地を守る。双方は相容《あいい》れない役割を持つため、今回の選抜試験で貴族が応募してくることは珍しかった。この国には、権力に目が眩《くら》むような、愚鈍な貴族がいないらしい。

「そう言えば、ネットは学校に通っていたことがあるのか？」

「ああ。インテール王国で、十五歳まで通っていたぞ。まあ出席日数のうち、半分くらいはサボってたし、大体誰かと冒険ばかりしていたんだが……」

「……目に浮かぶな、その光景が」

そう言えば、俺と交代で『星屑の灯火団』に入ったユリウスは元気にしているだろうか。

学院では、俺の代わりに授業に出席してくれたり、試験の時も色々手助けしてもらっていたりしたわけだが……いい思い出である。

「まあ、色々有力候補はいるが……恐らくAブロックの見所は、そこじゃないだろうな」

「……どういうことだ？」

訊き返すメイルに、俺は言葉を選びながら説明した。

「セレンの性格について、メイルはどう考えている？」

「性格？　……正直、面接の時はあまりいい感じがしなかったが、芯の強さは窺《うかが》えたな。自分が勇者になることを信じて疑っていない印象を受けた」

「ああ、俺も同感だ。だからこれは、あくまで俺の予想なんだが……」

フィールドの中心で佇む、闘志を滾《たぎ》らせる少女を見つめながら俺は言った。

「あいつ……多分、全員倒すつもりでいるぞ」

◇

『Aブロック――試合開始ですッ!!』

実況が試合開始の合図を告げると同時に、セレンは小さく呼気を吐いた。

一瞬、頭の中でルールを確認する。

試合の形式はバトルロイヤル、つまり全員が敵同士だ。フィールドは会場の中心にある、この円形の砂地。勝利条件は残り五パーティの中に入ること。敗北条件は、それまでの間に戦闘不能に陥る、または降参すること。

戦闘不能および降参については、フィールドの周囲にいる審判が判断する。審判が戦闘不能と判断するまでは、追撃可能だが……明らかに戦闘不能、または戦意喪失している相手を故意に攻撃するのは反則となる。

(……生温《なまぬる》いルールですね)

審判の後ろで待機している医者たちの姿を見て、セレンは確信する。医者たちの手には、ある程度の外傷なら瞬時に治療できる高価な魔道具があった。あれほどの魔道具を気軽に用意できるわけがない……実戦で、あんな魔道具はそうお目にかかれない。

勇闘祭は、試合や模擬戦といったパフォーマンスの一種なのだろう。

気に入らないが、間違っているとも思わない。勇者パーティは国民の期待を背負う存在だ。人望を得る能力は必須と言える。

勇闘祭とはきっと、そういう能力を披露するための試験なのだろう……と、自分なりに解釈したその時、セレンは複数の人影が近づいていることに気づいた。

おおよそ十人の男女が、警戒心を露《あら》わに接近している。

一つのパーティではない。二つ……いや、三つのパーティが、セレンを狙っていた。

「セレン＝デュバリス……悪く思うなよ」

「これも立ち回りというやつだ」

武装した、がたいのいい男たちが、セレンを睨みながら言った。

『あぁーっと!?　これは、三つのパーティがセレン選手を包囲している!?　ただでさえセレン選手は一人なのに、この人数差は厳しいか!?』

『ルール上は問題ないですね。勇者だって、時には他の誰かと手を組みますし。セレン選手はAブロック唯一の存在力5ですから、相当警戒されているのでしょう』

観客たちが一斉に盛り上がる。

「……手間が省けました」

「あん？」

怪訝な顔をする男へ、セレンは溜息交じりに告げた。

「手間が省けたと、言ったんです」

そう言ってセレンは、腰に帯びていた黄色の鞘《さや》から一振りの剣を抜いた。

バチリ、と音がする。その刀身に雷が迸《ほとばし》った。

男たちが慌てて武器を構える。

だが、次の瞬間――セレンの姿が消え、代わりに激しい稲妻が閃《ひらめ》いた。

「ぐあ――ッ!?」

フィールドの端から端へ、セレンは一瞬で駆け抜ける。その途上にいた男たちは、稲妻によって薙《な》ぎ払《はら》われた。

低空を雷の如き速度で飛翔《ひしょう》したセレンは、壁面に両足をつけ、次の標的を見据える。

剣を振りかぶった瞬間――再びその姿が消え、稲妻がフィールドを走った。

僅か数秒後、倒れた男たちを見て審判が旗を上げる。

『あ、あっという間に三パーティが脱落です！　これがセレン＝デュバリス！　存在力5は伊達じゃないッ!!』

『特殊武装《雷々幻華》の使い手である彼女は、とにかく速く、そして鋭い。雷を纏ったセレン選手は、稲妻そのものと言ってもいいでしょう』

地鳴りのような歓声が響いた。

息一つ乱さないセレンの腕で、剣がバキリと音を立てて砕け散る。

特殊武装——《雷々幻華》。

それは鞘の形状をしており、セレンが今、腰に差しているものだ。

《雷々幻華》に納めた剣は、雷の力を宿す。

ただし、その力は絶大であるため、剣が保たないことも多い。安価で質の悪い剣では、そもそも鞘に納めた瞬間破砕し、並の剣でも一振りが限界である。

だからセレンは、腰に一本、背中に六本の剣を帯びていた。三本ずつ、「×」印を描くように背中で剣を交差させるその姿は、異様と言ってもいい。

最初から《雷々幻華》に納めていた剣は今、砕けた。

剣の数は残り六本。

この試合を勝ち抜くだけなら、十分だ。

セレンは背中から一本の剣を抜き、それを左腰の《雷々幻華》に納める。

再びその剣を抜いた時——バチリ、と音がした。

次の獲物を探す。

フィールドを見渡すセレンの視界に、土色の髪の青年が映った。多くの選手たちがセレンを警戒する中、その青年だけは獰猛《どうもう》で、好戦的で——気にくわない面構えをしている。

刀身の雷が広がり、セレンの身体を包む。

一歩踏み込むだけでセレンの姿は霞《かすみ》のように消え、また稲妻が閃いたが——。

「——っとォ!?　あぶねぇ!?」

青年の脇腹を、軽く消し飛ばすはずだったセレンの剣は、岩石の鎧によって防がれた。

淡々と敵を処理するつもりだったセレンの瞳に、微かな動揺が浮かぶ。

「皆、今だッ!!」

「おうッ!!」

青年の指示に、三人の男が呼応した。

左方から槍が迫り、右方から斧《おの》が迫る。セレンはこれを背後へ飛び退《との》いて回避したが、その直後、短剣が投擲《とうてき》された。

空中で身をよじり、セレンは短剣を紙一重で避ける。

着地と同時、セレンの持つ剣が砕けた。

『セレン選手の猛攻を防いだのは、動く砦ラクス選手！』

『自慢の防御力でセレン選手の猛攻を防ぎましたね。……彼の特殊武装《岩武嶺《がんむれい》の鎧》の効果はシンプルです。機動力と引き換えに、強靭《きょうじん》な鎧を生み出す……そのシンプルな効果故に、正面から崩すのは至難の業でしょう』

実況と解説の声が、セレンの耳に届く。

どうりで、熟練の連携だと思った。

「……ルメス男爵領の、自警団でしたか」

「お、なんだ。あの雷帝様が俺たちのことを知っているとは、意外だな」

「冒険者の間では有名ですよ。……強力なモンスターが頻繁に出没する、ルメス男爵領。本来なら誰もが忌避する危険な場所で、人々が安心して暮らせるのは、貴方たち自警団のおかげだとか。……日常的にモンスターと戦っているだけあって、実力はあるようですね」

「おうよ！　モンスターをぶっ倒すことなら、俺たちの右に出る者はいねぇッ‼」

「ここにモンスターはいませんが」

「はっはっは！　いるじゃねぇか！　――セレン＝デュバリスっていうモンスターがよォ‼」

ラクスが肉食獣の如き獰猛な笑みを浮かべた直後、その仲間たちがセレンに襲い掛かる。

男が一歩でセレンに肉薄し、ゴウと風を斬る音とともに槍を横に薙ぐ。動く砦の異名を保つラクスだけでなく、彼のパーティメンバーたちも存在力が高い。

セレンは背中から、また一本の剣を抜いた。

「剣を鞘に納めさせるな！」

ラクスが叫ぶ。《雷々幻華》の対策もしっかり練っているようだ。

ラクスは《岩武嶺の鎧》を解除して、後方で指示を出しながらセレンを観察していた。セレンが攻めに回った瞬間、すぐにセレンへ近づき、身体を張って防御に回る算段だろう。

ならば、とセレンは男たちから距離を取る。

追いかけてくる男たちを見据えながら、セレンは剣を鞘に納めようとした。すると、男たちは焦燥した様子でセレンへ接近を試みるが――。

刹那。セレンは鞘に納めようとしていた剣のきっさきを、くるりと切り返して男たちへ向けた。

「これは、モンスターにはできない動きでしょう？」

「フェイント――ッ!?」

驚愕する男が慌てて後退しようとする。だがその前にセレンが剣の峰で男の胸を打った。

呻《うめ》く男を見下ろしながら、セレンは今度こそ剣を《雷々幻華》に納めた。

そして――再び、閃光《せんこう》が走る。

「がッ!?」

「ぐお――ッ!?」

抜刀とともに稲妻と化したセレンは、ラクスの仲間を二人倒した。

ラクスはすぐに《岩武嶺の鎧》を発動する。どこからか現れた岩石が、ラクスの全身を包もうとしたが――その前に、セレンの突きがラクスを吹き飛ばした。

後方の壁面へ背中から衝突したラクスが、力なく倒れる。

審判が手を上げない。まだ辛《かろ》うじて戦えるようだ。

セレンはすぐに追撃しようとしたが、その直後、剣が砕けた。

(最終試験のために、質の高い剣は温存するつもりでしたが……これなら多少は持ってきた方がよかったですね)

剣の数は残り四本。余裕ではあるが、毎回こうも簡単に壊れてしまうのは面倒だった。

剣を抜き、《雷々幻華》に納める。

「セレン先輩」

ふと、紫紺の髪を垂らした少女がセレンに話しかけた。

「はじめまして、ハーティア=ティルレイスと申します。ロワーナ学園の冒険科所属です」

「ああ……あそこの」

セレンはすぐに、自身が声を掛けられた理由を察した。

王立ロワーナ学園。エーヌビディア王国の王都にある、王国最大の学び舎《まなや》である。初等科から高等科まで、多様な年代の子供たちが通っており、学習できる科目も薬学から冒険学まで多岐にわたる。歴史的に見ても、王国民の教養の向上を牽引《けんいん》した、由緒正しき教育機関だ。

セレンはロワーナ学園の冒険科の卒業生だった。

つまり、目の前にいるハーティアは、セレンの後輩である。

「先輩のお噂はかねがね伺っております。是非——お手合わせを」

戦いの最中だというのに、ハーティアは侯爵家の娘らしく礼儀正しく頭を下げた。

本来なら、たとえ興行だとしても、平民が貴族に刃向かうことは憚《はばか》られる。しかしこの勇闘祭は、王族であるルシラ＝エーヌビディアが主催しているのだ。王族がフェアな戦いを望んでいる以上、他の貴族たちは従わざるを得ない。

だから今、セレンがハーティアに手加減をする理由は一つもない。

それを理解した上で、手合わせを望んでいるのだとしたら、大した気概だが——。

「それは、また今度の機会にしましょう」

「……え？」

まさか断られるとは思っていなかったのか、ハーティアが目を丸くする。

「今回は、貴女だけでなく——ここにいる全員を相手にするつもりですので」

セレンが告げたその言葉は、フィールドにいる全ての選手に対する宣戦布告だった。

先程からセレンを警戒していた選手たちが、その言葉を聞いて一斉に戦意を滾らせる。

しかし、セレンは彼らを気に留めることなく、

「《雷々幻華は彼方《かなた》へ散る》」

静かに、唱え始めた。

「《その閃光は夢を千切り》《現《うつつ》を置き去りにする》——」

バチリ、とセレンの腰に差された鞘が帯電した。

まだ剣を鞘から抜いていない。しかし、鞘が激しく帯電するにつれて、剣の柄が黄色く変色した。まるで一振りの剣が、雷そのものと化すかのように。

「スキル解放――《雷閃万華《らいせんばんか》》」


刹那、セレンは稲妻と化して駆けた。

一定時間、雷の出力を上げる。それが《雷閃万華》の効果である。シンプルだが、元々強力な《雷々幻華》の出力が向上すると、その威力は必殺の域に届いていた。

動く砦ラクスが岩石の鎧を纏う。

だが、セレンの突進は、その岩石をいとも容易《たやす》く貫いた。

「ぐあ――ッ!?」

壁に叩き付けられたラクスが、悲鳴を上げる。

衝撃の余波が、ラクスの仲間を吹き飛ばした。

『ラ、ラクスパーティ脱落!! セレン選手の、目にも留まらぬ攻撃が続いていますッ!!』

セレンの手に握られた剣が、砕けて地面に落ちた。

セレンはすぐに次の剣を鞘に納める。――《雷閃万華》はまだ続いている。

残り、八パーティ。

（……レーゼ。貴女は、あのネットとかいう男と出会ってから、変わってしまいました）

肉眼では捉えられない速さで、セレンはフィールドの中心に向かった。次の瞬間、小さく跳躍しながら身体を回転させ、全方位へ雷の斬撃を飛ばす。

雷鳴が轟き、爆風が砂塵《さじん》を巻き起こした。迸る雷が、二つのパーティを灼《や》く。

残り六パーティ。セレンは再び剣を鞘に納めた。

（私が、勇者になって……貴女の目を覚ましてあげます）

己の決意を心の内側で吐露して、セレンは力強く柄を握る。

「皆、姿勢を低く！」

セレンの目の前で、ハーティアが仲間たちに指示を出した。

「落ち着いて！　あと一パーティ脱落すれば、この試合は終わるから……とにかく、今は耐えることだけに集中するようにッ!!」

ハーティアはセレンとの戦力差を悟り、耐えることを選んだ。それはセレンが、ハーティアに全く執着していないことを見抜いた上での判断だろう。セレンは視界に入った相手を、ただ適当に倒しているだけだった。――まるで、道端の石ころを蹴飛ばすように。

少し前までセレンに尊敬の眼差《まなざ》しを注いでいたハーティアは、今、畏怖を通り越し、屈辱の表情を浮かべていた。

その顔を見て、セレンは小さく溜息を吐く。

「先輩として、一つだけ教えてあげます」

次の標的は、別に誰でもいい。

けれど、セレンはあえてハーティアの方に身体を向けた。

「ルールに守られるようでは――二流です」

黄色い閃光が走る。

その雷は、ハーティアだけでなく――フィールドにいる多くの選手を飲み込んだ。

◆

『し、試合終了――ッ!!　Aブロックを通過したパーティは……さ、三パーティ!!　予定より二つのパーティが多く脱落してしまいました!!』

『セレン選手の猛攻があまりにも激しすぎて、審判の判断が遅れたようですね』

実況と解説が困惑しながら言う。

Aブロックを通過したパーティは、セレン一人だけのパーティと、鉄火槍のフィーナが率いるパーティ、そして風の踊り子ミレイが率いるパーティとなった。注目を浴びていた選手たちのうち、動く砦ラクスと、王立学園の生徒であるハーティアのパーティは脱落である。

本来なら、あと二パーティを通過させる予定だったため、これは完全にイレギュラーだ。

しかし観客は大興奮だった。……この手の行事では、イレギュラーこそが最大の見所になることも多い。長い大歓声が会場を包んでいる。

とはいえ、運営側からすると、イレギュラーは悩みの種に他ならない。

「……やってくれたな」

予想通り、セレンはルールなんて無視して、なるべく多くのパーティを倒すつもりだった。

その証拠に——セレンは用意していた七本の剣を、全て消費している。

残り六パーティの時点で、セレンは剣を二本残していた。ハーティアを倒すだけなら一本の消費だけで済んだに違いない。

恐らく、セレンはハーティアのパーティを全滅させた後、更に一本消費して、追加で二パーティ倒したのだ。だから最終的には三パーティしか残らなかった。

フィールドの中心で、セレンは仕損じた、とでも言いたげに不満げな顔をしている。

全員を倒せなかったことが不満らしい。……その前に剣が砕けてくれてよかった。

「……圧倒的だったな」

ふと、隣にいるメイルが呟いた。

「面接の時は、あまりいい印象を抱かなかった。セレンがこの戦いで、自分以外の全員を倒すつもりだと知った時も、不要に和を乱す厄介者のように感じていた。……だが、ここまでくれば流石に認めざるを得ない。あれだけの強さ……果たして、どれほどの研鑽《けんさん》の上に成り立っているのか。……見事だ」

試合が始まるまで、メイルはセレンのことをあまり好んでいなかったように見えたが……今は、その視線に尊敬の念を込めてセレンを見ていた。

どんなエゴも、貫き通す強さがあれば、それはもう信念だ。

セレンは、勇者に相応しい器を示してみせた。

「騎士として、ああいう強さには憧れるか？」

「そうだな。遠慮がなさすぎる点については、やはり感心できないが……ああいう強さがあれば、私ももっとルシラ様のために戦うことができるだろう。毒魔龍の件では、ほとんど『白龍騎士団』に任せっきりだったからな……」

そんなことはないと思うが、毒魔龍の討伐に『白龍騎士団』が別格の貢献をしたのもまた事実。元々、『白龍騎士団』は世界的にも有名な冒険者パーティだ。比べるものではない気もするが、真面目なメイルはどうしても意識してしまうのだろう。

「ところでメイル、そろそろBブロックの案内があるんじゃないか？」

「あっ!?　そ、そうだった!!　すまない、行ってくる!!」

先程の試合に見惚《みほ》れて忘れていたらしい。

メイルは急いで実況たちがいる放送席の方へ向かった。

メイルと違って俺は勇闘祭の間、大した仕事もない。

Bブロックの試合は、フィールドの整備が行われる後なのでまだ少し時間があった。観戦席にいても何もないので、外に出て歩くことにする。

廊下を歩き、関係者専用のスペースから出ると、三人の男女を見つけた。

そのうちの一人、長身痩軀《そうく》で灰髪の男には見覚えがあった。――面接の時、アリスの補佐役を務めていたエクスゼール＝サリバンだ。

この男がいるということは……。

「……アリス＝フェルドラントのパーティか」

「おや、貴方はいつぞやの面接官」

エクスゼールが俺の存在に気づき、軽く会釈する。

どうやらアリスは不在らしい。

ざっと周囲を見回した俺に、エクスゼールの傍にいた二人の男女が頭を下げた。

「フィリア＝マーレイと申します」

「……キルヒ＝アイゼンだ」

緑髪の、おっとりした雰囲気の少女がフィリア。

顎に傷を刻んだ、浅黒い肌の男がキルヒと言うらしい。

「見たところ、フィリアは弓使いで、キルヒは斧使いか」

「いえ。私はどちらかと言えば、治癒師ですね」

フィリアが俺の予想を否定する。

治癒師とは、冒険者の中でも仲間を治療する役割である。その方法は、薬草や魔法などなんでもいいが、エーヌビディア王国の場合は特殊武装による治療が一般的だろう。

「アリスと同じく、私も学生時代、冒険者として活動していたんです。その頃は、この弓を使って戦っていましたが……ある依頼を受けたことで、事故に遭ってしまったんです」

そう言ってフィリアは、背負っていた弓を手に取り、軽く握る。

すると、フィリアの左目を、紫色の煙のようなものが覆った。

「紫煙《しえん》の呪いと呼ばれるものです。討伐対象であるモンスターに、この呪いをかけられてしまったせいで、私は弓を握る度に左目の視界が塞がれるようになってしまいました。……このせいで、私は弓使いを辞めるしかなかったんです」

「……なるほど」

それは、無念だっただろう。

フィリアが弓から手を離すと、左目の紫色の煙が消えた。

「紫煙の呪いは非常に強力ですから、万能霊薬《エリクサー》ですら解呪することができません。……ならばいっそ、自分で解呪する方法を探すべきだと考えて、治癒師に転向したんです。右目は問題ないので、弓は今でも使っていますが……全盛期と比べればあまりにも拙い精度ですね」

視線を下げてフィリアは言う。

「フィリアは、呪いを受ける前まで……弓の名手と呼ばれていた」

小さな声で、キルヒが補足する。

フィリアは困ったように笑みを浮かべた。

「キルヒさん。それはもう、過去の話ですよ」

「……だが、事実だ」

キルヒは表情を動かすことなく告げた。

気になる話だが、フィリアの様子を見る限り、あまり詮索されたくなさそうだ。……過去の栄光を掘り返されるようで、本人としては複雑なのだろう。

「アリスとはどういう経緯でパーティを組むことになったんだ？」

「私とアリスは幼馴染《おさなじ》みなんです。同じ場所で育ちましたし、同じ学校に通っていました。だから、そのよしみで誘ってくれたんです」

それはまた新しい情報だ。

「幼馴染みで、同じ学校に通っていたということは……アリスとフィリアは、学生時代、一緒に冒険者として活動していたのか？」

そう考えるのが自然だが、フィリアは気まずそうな表情を浮かべ、

「……いえ。諸事情で、お互いバラバラで活動していました」

同じ学校に通ってはいたが、冒険者としては個々で活動していたようだ。

そう言えば、アリスは一年前に、勇者リンを追ってアムド帝国に渡ったと言っていた。一緒に活動できなかったのはそのせいかもしれない。

「アリスのパーティに加わった後は、一緒に訓練もしましたし、コンビネーションに問題はないと自負しています。……弓使いとしては二流ですが、その分、施療院で修業して治癒師の腕を磨きましたので、勇闘祭では治癒師としての私にも注目していただければ幸いです」

「分かった」

フィリアは治療の腕を磨くために施療院で修業していたらしい。

呪いを解くため自ら治癒師に転向したことといい、おっとりした見た目とは裏腹になかなかストイックな性格をしているようだ。こうして話していると、強い意志を感じさせる。

次いで、俺はキルヒに視線を移した。

せっかくなのでキルヒからも話を聞きたいと思ったが、

「……俺は、傭兵《ようへい》をやっていた」

キルヒはそう言って、唇を引き結んだ。

沈黙が生まれる。……説明が不足していることを悟ったのか、キルヒは再び口を開いた。

「……俺は、滅鬼族《めっきぞく》の生き残りだ」

唐突に珍しい単語が出てきた。

その一族の名前には聞き覚えがある。

「東の大陸で、鬼と戦い続けている一族だったか」

「知って、いるのか……？」

「噂で聞いた程度だけどな。こうして会ったのは初めてだ」

キルヒが目を丸くして驚く。世間的にはあまり有名ではない一族だ。他国の人間である俺が知っていることを意外に思ったらしい。

滅鬼族とは、東の大陸で、鬼と戦うことを生業にしている一族だ。

筋骨隆々の体軀に、頭部から角を生やした人型のモンスターのことを、鬼と呼ぶ。東の大陸では、この鬼が大量発生する地域が存在するらしく、滅鬼族はその地域の管理、および出現した鬼の駆除を担っていた。

「しかし、滅鬼族は確か、数年前に……」

「……ああ。俺たち一族は、魍鬼《もうき》と呼ばれるモンスターに敗北し、散り散りになった」

悲しそうな顔で、キルヒは語る。

「俺は今……行方不明になった妹を探している。勇者パーティを目指しているのも、正直、半分は私情だ。……勇者パーティは世界中を旅するから、妹も見つけやすいと思った」

勇者パーティを志す理由は人それぞれだ。

受験生の全員が、この国のために働きたいなんていう綺麗な大義に突き動かされているわけではないだろう。このパーティに関しては、リーダーであるアリスの、勇者になりたいという志があるため問題ないと思われる。

「キルヒは、どこでアリスと知り合ったんだ？」

「……魍鬼から逃げ延びた後、俺は傭兵になって食いつないでいた。だが……仕事で大型モンスターの討伐に向かったところ、返り討ちにされてしまった。……あと少しで、モンスターに殺されるところを、アリスに助けられたんだ。……その時の、繋がりだ」

キルヒは真面目な顔で言う。

「アリスは……俺にとって、恩人だ。だから、きっと妹のことがなくても、俺はアリスの誘いを断らなかったと……思う」

なるほど、だから半分は私情と言っていたのか。

キルヒが勇者パーティを目指す理由は、妹を探すためと、アリスへ恩返しをするためだ。

一通り説明したキルヒは、ふと気まずそうな顔をする。

「見ての通り、俺は……口下手だ。失礼があったら、すまない……」

「気にするな。勇者パーティにも一人くらい、口下手がいてもいいだろう」

そう言うと、キルヒは少し嬉しそうにはにかんだ。

「お前……いい奴だな」

そんなふうに言われると俺も悪い気はしないが……よく考えたら、このパーティのリーダーはアリスだった。臆病すぎるアリスと、口下手なキルヒの組み合わせは、交渉事に難があるかもしれない。エクスゼールとフィリアがバランスを取っているならいいが……。

「ところでキルヒ。その刺青は傭兵団のものだよな？」

俺はキルヒの右腕にある刺青を指さして訊いた。

盛り上がった筋肉の上には、広がる片翼と下向きの牙が描かれていた。

「ああ。……これは俺がかつて身を置いていた、グラズレイ傭兵団の刺青だ。……団長のグラズレイは、元々、あの世界最大の傭兵団であるジークハルト傭兵団で、四番隊の隊長を務めていたらしく……この刺青は、ジークハルト傭兵団のものを模しているらしい……」

「……なるほど」

傭兵団は団結の象徴として、身体のどこかに共通の刺青を入れることが多い。

キルヒの話を聞いて、俺はその刺青に見覚えがあった理由を理解した。

「グラズレイが傭兵団を創ったことは知っていたが、まさかそのメンバーとここで会うとは思わなかったな」

「……団長を、知っているのか？」

「ああ」

目を丸くするキルヒに、俺は首肯した。

「グラズレイは元気にしているか？　半年前、怪我《けが》で片腕を失ったとか言っていたが……」

「……それなら、問題ない。上等な義手を仕入れてからは、むしろ以前より、更に強くなったと本人も豪語している……」

「あいつらしいな」

苦笑すると、キルヒも微笑する。

「ただ、団長は……ジークハルト傭兵団の団長に、退団の挨拶がまだできていないことを気にしていた。遠征が終わった後、急に退団したから迷惑をかけたとか。……手紙では伝えたみたいだが……恩義があるから、直接会いたいと言っていた」

キルヒは、よほどグラズレイのことを慕っているのだろう。まるで自分のことであるかのように、心配そうな顔で言う。

「そうか。……別に気にしなくていいと言ったんだけどな」

「え？」

「なんでもない。こっちの話だ」

つい独り言が口から出てしまった。

不思議そうな顔をするキルヒに、俺は適当に誤魔化す。


ジークハルト傭兵団の団長は――――俺である。

元々は、一番隊の隊長であるジークハルトと俺が、二人で始めた傭兵ビジネスだった。それが何故か、気がつけば世界最大の規模になってしまったのだ。

路頭に迷っている人や、モンスターによって故郷を追われた人たちを片っ端から受け入れたからかもしれない。グラズレイもそのような流れで仲間に加わった一人である。

今はもうほとんど一緒に行動していないため、俺としては団長の座を他の誰かに譲りたいが、ジークハルトは頑《かたく》なに首を横に振る。だから俺は、一応今もジークハルト傭兵団の団長だ。完全にお飾りの団長だが、どういうわけか他の団員たちも納得しているらしい。

だから、俺にとって……キルヒは部下の部下の部下ということになる。ジークハルトの部下であるグラズレイの部下、それが目の前にいるキルヒという男だ。

妙なところで縁を感じてしまったが、少なくとも今、伝えなくてもいいだろう。

そろそろBブロックの試合も始まる。余計な情報を与えて混乱させたくはない。

「……それで、アリスはどこにいるんだ？」

「ええと、今ちょっと席を外していまして……」

フィリアが愛想笑いを浮かべて答える。

その直後、遠くからトタトタと小走りする音が聞こえ、

「も、戻りまし――ひぃあっ!?　め、めめめ、面接官の人!?」

急いでやって来たアリスが、俺の顔を見るなり大袈裟に驚いてみせた。

「すす、すみません！　何か粗相を……そ、それとも、やっぱり不合格で……っ!?」

「いや……普通に話していただけだ」

どんだけ自分に自信がないんだ、この少女は。

取って食いはしないのだから、そうびくびくされても困る。

「何処かに行っていたのか？」

「あ、はい。その、お手洗いに……」

別にそんな具体的に言わなくてもよかったのに……アリス以外の全員が気まずい顔をする。

色んな意味でズレている少女だ。

「Aブロックの戦いは見ていたか？」

「は、はい。勿論、見ていました」

「何か思うところはあったか？」

「思うところ、ですか……？」

その問いに、アリスは不思議そうな顔をした。

「いえ…………特には」

アリスは、まるで質問の意図が分からないかのように、きょとんとした顔で答えた。

違和感――――。

微弱だが、確かな違和感を覚える。

先程の試合は見所も多かったはずだ。特にアリスと同じ存在力5であるセレンは、大胆な活躍をしてみせた。その劇的な強さは、観客たちの熱狂した様子が物語っている。

なのにアリスは……まるで、退屈な試合を観戦していたかのように、平然としている。

「……アリス＝フェルドラント」

「は、ひゃいっ⁉」

その名を頭に強く刻み込むように、俺はアリスを呼んだ。

大袈裟な反応を示し、顔を青く染める少女を見る。

セレンが勇者になれば、きっと華々しい活躍を遂げるだろう。並々ならぬモンスターを次々と倒し、順調に魔王討伐への道を進んでいくはずだ。

一方、アリスが勇者になった未来は、まるで想像がつかない。一か八か、吉と出るか凶と出るか、そんな不安定な感触がある。

しかし――いつだって、勇者に選ばれる人間は、俺のような凡人の予想を軽々と超える。

アリスには勇者の素質があるかもしれない。

なればこそ、俺は伝えなくてはならなかった。

「もし、お前が本当に勇者を目指しているなら――誠実であることを、期待する」

◇

『勇闘祭、Ｂブロックの選手が出揃いました！』

歓楽街の賑やかしこと、ファイナがよく通る声で告げる。

歓声で沸く中、フィールドにいる選手たちは各々のやり方で精神を統一させていた。ある者は深呼吸を、ある者はストレッチを、ある者は独自のルーティーンに集中している。

『解説のリッターさん、注目するべき選手はいるでしょうか？』

『まずは、ヴァンハルト騎士団の団長であるグロック選手でしょう。ヴァンハルト騎士団は皆さんもご存知かと思いますが、ヴァンハルト公爵家が抱える由緒正しい騎士団です。知名度だけなら近衛騎士団と双璧をなすと言っても過言ではないでしょう。……騎士にとって、憧れの対象でもあるこの騎士団の長は、果たしてどのような戦いをしてみせるのか、期待させてくれます。パーティメンバーも全員、騎士団の団員みたいですね』

観客たちの視線が、一斉にその騎士へ注がれた。

ヴァンハルト騎士団。そのトレードマークは、鋼に翡翠色《ひすいいろ》の紋章を刻んだ鎧である。

公爵家お抱えではあるが、格式よりも実力を重視した組織で、いい意味で貴族らしさを感じない騎士団だった。その性質ゆえに民衆からの信頼は厚く、現役の騎士や騎士を志す少年少女にとっては憧憬の対象である。その団長グロックの名は、王都でも知られていた。

『他にも、サバイバルの申し子とも呼ばれる、緑影のフゼン選手や、豊富な戦略でジャイアントキリングを繰り返してきた赤髪のアレック選手もいます。どちらも存在力は4と、決して低くありません』

緑色の外套を羽織った男、緑影のフゼン。冒険者として堅実に成果を積み上げてきた、赤髪のアレック。二人にも注目が注がれる。

『そして、この選手にも勿論、注目するべきでしょう。アリス＝フェルドラント選手……Bブロック唯一の存在力5です』

観客たちが「おおっ」と声を揃える。

沸き立つ会場の空気に、当の本人であるアリスはびくりと肩を震わせた。

『存在力5というと、Aブロックで無双していたセレン選手と同じですね』

『ええ。ただアリス選手は、セレン選手と違って情報が少ないですね。会場にいる方も、アリス選手のことをあまり知らない人が多いんじゃないかと思います。……元々、あまり目立った活動をしていないのか。それとも……単に目立つのが苦手なのか』

観客たちは、改めてアリスに注目する。

「ひ、ひぇぇ……」

アリスは青褪めた顔で、フィリアの背中に隠れた。

観客の全員が「多分後者だろうなぁ」と思った。本当にこの少女が存在力5なのか、あまりにも信じ難いため、会場全体がどよめき始める。

『個人的には、同僚のハイゼン選手が気になりますけどね。……見てくださいよ、他のパーティはちゃんと武装しているのに、あのパーティだけ白衣着てますよ。どう考えても戦闘向きじゃないですし……なんで一次試験通ったんですかね』

会場が笑いに包まれる。

だが、選手たちは解説の疑問に、漠然とした回答を用意していた。

解説の言う通り、ハイゼンたちはどこからどう見てもインドア派で、戦いが得意には見えない。しかし彼らは恐らく、魔導具に関する知識だけなら受験生の中でもずば抜けている。

ある意味、最も動きが読めないパーティだ。

ゲテモノ枠のように扱われているハイゼンたちだが、選手たちは真剣に警戒していた。

『では、選手の皆さん！　準備をしてください！』

そのアナウンスとともに、選手たちが構える。

会場が沈黙し、緊張が走った。血が凍るような、ヒリついた空気が立ち込める。

『Bブロック――試合開始ですッ!!』

戦いの火蓋が切られると同時、鞘から剣を引き抜いた男が一人いた。

男は、周りにいる他の選手たちを睨みながら口を開く。

「誰でもいい。手合わせ願おうか」

ヴァンハルト騎士団、団長グロック。

実力主義の騎士団で長を務めるその男の貫禄は凄まじく、並の者なら声音だけでも怯《ひる》んでしまうほどの迫力があった。

だが、このフィールドにいる者は皆、勇者を志している。

「お利口な騎士様に、冒険者の戦いを教えてやるよ」

「まさか、二対一が嫌とは言わないよな？」

二つのパーティが手を組み、グロックのパーティを包囲した。

Ａブロックでも見た光景だ。Ｂブロックでは、グロックがセレン並みに警戒されていることが明らかになった。

その近くで――白衣を纏った灰髪の男が、動く。

「赤髪のアレック」

魔道具学の権威、ハイゼンは赤髪の冒険者へ声を掛けた。

アレックは、怪訝な顔で振り向く。

「ベテラン冒険者である君に問いたい。……魔道具と特殊武装の境目を知っているかね？」

「……モンスターの素材を使っているかどうかだろ？」

「おいアレック、試合中だぞ」

対戦相手と悠長に会話するアレックを、仲間のライガンが咎《とが》めた。

だがハイゼンは、敵意のない様子で満足げな笑みを浮かべる。

「正解だ。魔道具が鉱石や植物などで造られるものに対し、特殊武装はモンスター由来の素材で造られている」

そのくらいはアレックも知っていたので、首を縦に振る。

「……では、どうして特殊武装ばかりが戦いに用いられると思う？」

再びハイゼンは訊いた。

「それは……特殊武装の方が、強いからだろ。魔道具は、便利だけど力が弱い。目の前に剣があるのに、わざわざ裁縫の針で戦うのは馬鹿のやることだ」

「そう。それがまさに、世間の認識だ」

ハイゼンは不服そうな顔で言った。

「極端だとは思わないかね？」

回答を期待していない問いだった。

訝《いぶか》しむアレックに対し、ハイゼンは続ける。

「戦いに役立つのは特殊武装のみ。魔道具の役割は、あくまで人々の日常生活を便利にすること。……今の社会は、そうした常識に囚《とら》われすぎている。事実、特殊武装の中には、戦いではまるで役に立たないものもあるだろう。……この分類法は間違っている」

「……何が言いたい？」

「私はね、魔道具学者として、魔道具に秘められた可能性を示したいのだよ」

ハイゼンは三本の指を立てて語る。

「加護、特殊武装、魔法……戦いに使われるのはこの三つが主流だ。だが、これらはいずれも手に入れることが難しかったり、習得が難しかったりする。そこで、魔道具の出番だ」

ハイゼンは四本目の指を立てて言った。

「人々の生活を豊かにするのは勿論大事だろう。だが魔道具は——工夫すればちゃんと戦いの役にも立つ。その証明として……今回は、一般的に普及している魔道具を駆使して戦おう」

瞬間、ハイゼンは白衣の内側から掌サイズの立方体を取り出して投げる。

その立方体は、放物線を描いてアレックの正面に落ち——刹那、激しく発光した。

「例えば、屋内の照明に使われている魔道具、蛍光晶《けいこうしょう》は目眩ましにも使える」

「ぐ——っ!?」

アレックは目を閉じて後退した。

だが、ハイゼンはその隙にアレックに肉薄する。

ハイゼンが次に取り出したのは黒い棒だった。

棒の先端がアレックの首筋に押しつけられると、ジュッと肉の焼ける音がする。

「熱……ッ!?」

「手軽に着火できる魔道具、着火棒《ちゃっかぼう》は、接近戦の武器にもなる」

歓声が轟いた。

ハイゼンの予測不能な攻撃に、観客たちは楽しみを見出《みいだ》している。

「ちょ、ちょっと待て！」

アレックは困惑した様子で言う。

「蛍光晶も、着火棒も、使ったことはあるが……そんな出力じゃなかっただろッ!?」

「勿論、多少のカスタマイズは必要だ。しかしこの程度、知識と道具さえ揃えば誰にでもできる。……当然、冒険者でも可能だ」

アレックは舌打ちした。

蛍光晶と着火棒は冒険でも役立つ道具だ。蛍光晶は、光源がない洞窟を探索する際の照明として、着火棒は野外調理の際に火を点《つ》けるために用いることが多い。

「ライガン、俺がハイゼンを抑えるから、周りの奴らを攻めてくれ！」

「さっきからやっている！　やっているが――近づけねぇ！　くそ、なんだこの沼っ!?」

見れば、アレックの仲間たちは泥濘《ぬかるみ》に足を取られてバランスを崩していた。

接近を試みれば、次の瞬間には足元の地面が泥と化す。今まで経験したことがない事態にアレックのパーティは混乱した。

「土を耕す魔道具と、水を生み出す魔道具の合わせ技だ。動きにくいだろう？」

ハイゼンの右手には小型の鍬《くわ》のようなものが、左手にはじょうろのようなものがあった。

どう考えても武器には見えない日用品。しかし、そのせいでアレックたちは攻め切れない。

観客たちの興奮が、ライガンの苛立ちを増長させる。

◆

「面白い戦い方をしているな」

選手たちの戦いを見て、俺は呟いた。

「ネット！」

観戦席の扉が開き、ルシラが現れる。

「ルシラ、こっちに来ていいのか？」

「うむ！　せっかくなので、ネットたちとも意見を交わしたいと思ったのじゃ！」

まあ……問題はないか。Bブロックの戦いが終わるまで、まだ時間は掛かる。

ルシラ、メイルとともに、俺は選手たちの戦いを眺めた。

「どうじゃ？　Bブロックでめぼしい選手はいたか？」

そんなルシラの問いに、俺は少し考えてから答える。

「今のところ、ハイゼンが面白いな」

「ふむ……確かに、目を引く戦い方をしているのじゃ」

魔道具学者ハイゼンは今、赤髪のアレックと戦っていた。

誰もがアレックの圧勝だと思っていただろう。ところが蓋を開ければ、全く異なる光景が広がっている。観戦客からすれば面白い展開だが、アレックたち本人にとっては苦しいはずだ。

「確かに面白いが……あの戦い方は、勇者としてどうなんだ？　かなり斬新な気もするが」

「別に問題ないと思うぞ。多分、いい勇者になれる」

メイルの疑問に、俺は自身の感想を述べる。

もしハイゼンが勇者になれば……きっと世界中が、魔道具に対する認識を改めるだろう。

特殊武装は製造が難しく、一流の職人が長い月日を費やして完成するものだ。更にそれを使いこなすには、並々ならぬ技術が要求される。

だから、冒険者の中でも特殊武装を使用しているのは一部の強者だけであり、新人はもれなく普通の武器を使っていた。かつて勇者を目指していた純粋で未熟だった頃の俺も、その辺の店で買った剣でモンスターと戦っていた。

魔道具の利点は誰にでも使えることである。ハイゼンがもし、戦いにも活きる魔道具を開発してくれたら……新人冒険者たちは大助かりだろう。死傷率は確実に減少する。

（……通信石の、新しい使い方について相談したいな）

通信石という魔道具に関してのみ、俺は他の者と比べて圧倒的に使用している自信がある。

だからこそ、俺は以前から通信石の新しい使い方について考えていた。

（ハイゼンに協力してもらえば……アレが完成するかもしれない）

今度、暇を見つけて宮廷魔導学研究所にアポを取っておくか……。

もっとも、俺が提供できるのは些細《ささい》なアイデアだけだ。試運転なども必要だろうし、この構想が実現するにはまだまだ時間がかかるだろう。

「……魔道具が、あれほど戦いに役立つとは思わなかったのじゃ」

ルシラは落ち込んだ様子で言う。

「もし妾に、もっと魔道具の知識があれば……毒魔龍との戦いも、もっと有利に進められたかもしれないのじゃ」

「……過ぎたことです。私も、魔道具であれほど戦えるとは思っていませんでした」

ルシラを庇《かば》うように、メイルは呟く。

だがそれは本心だろう。

「しかし、魔道具があれほど役立つなら、もっと有名になっておかしくないはずだが……」

不思議そうにメイルが言った。

魔道具と、魔道具学者ハイゼンは、今回の大会で一躍有名人になるだろう。逆に言えば、今まで有名でなかったことが不思議なくらいだ。

その理由を……俺はなんとなく察した。

「まあ……冒険者にも、プライドがあるからな」

◇

「くそっ!!」

閃光の目眩ましを受け、アレックが舌打ちする。

多様な魔道具を駆使するハイゼンに、アレックたちは依然として攻め切れていない。

「私は当初、これらを武器として広めたかった。しかし、先程伝えた世間の常識が壁となってそれは実現されなかった。……冒険者ギルドを訪れ、提携の話を持ちかけた私を、担当の者は鼻で笑ったよ。『我々に日用品で戦えと?』とね。……そこまで言われると、こちらのプライドにも火が点く。魔道具の可能性を、意地でも伝えたくなった」

勇闘祭では、選手が自由に武器を用意していいことになっている。よって、魔道具の持ち込みは自由だし、それを独自に改造するのも問題ない。

しかし、これらの魔道具が、こうも戦闘に活きるとは思わなかった。

改造が必要なのは当たり前である。日用品としての魔道具に、最初からこれほどの出力があったら脅威だ。その辺の店で買える魔道具を使うだけで、ベテラン冒険者として名を馳《は》せているアレックと渡り合えるなんて、本来ならあってはならない。危険すぎる。

ふと、アレックは疑問を抱いた。

多少の改造だけで、これほどの力を手に入れてもいいのか?

「……お前は、魔道具が戦いに使われないことを、不満に感じているのか?」

だとすれば、その思想は――混乱をもたらすだけだ。

大して頭がいいわけではないアレックでも、その未来は容易に想像できた。もし日用品である魔道具に、戦いでも使える用途が秘められているとしたら……この国には、無数の兵器がばらまかれていることになる。

「魔道具は……武器として使うべきだと、言っているのか？」

老若男女が兵器を手に入れられる国。そんなものを、望んでいるのか。

そんなアレックの問いに対し――ハイゼンは叫んだ。

「そうじゃない！　ただ、戦いでも使ってほしいと願うだけだッ!!」

魂で叫ぶようなハイゼンの様子に、アレックは動きを止める。

「お前たちは……特に冒険者は、気づくべきだ。魔道具の凄さを」

その言葉を聞いた時、アレックの頭から苛立ちが消えた。

ハイゼンたちから……何か、特別な執念のようなものを感じる。

「一つ、教えてやろう」

ハイゼンは神妙な面持ちで語る。

「魔道具学者の中には、人やモンスターに家族や故郷を奪われた者も多い。我々は、その無念をもとに魔道具を開発している。……全ては、今よりも安全な未来を築くために」

ハイゼンの言葉が、アレックの胸中にすっと届いた。

同時に、彼らが醸し出す不思議な迫力の正体に気づく。

「そうか……そういう、ことか…………」

アレックは小さく笑みを浮かべた。

ハイゼンたちは——冒険者に、もっと安全に戦ってほしいのだ。

そのために、自分たちが生み出した魔道具をもっと頼れと——活用しろと叫んでいる。

「……お前たちの覚悟、ちゃんと伝わったよ」

正直、アレックは先程まで、ハイゼンたちは魔道具を自慢するという私利私欲のためだけに勇闘祭へ参加していると思っていた。

しかし違った。ハイゼンたちには、強くて正しい信念があった。

「だから、俺も一つ教えてやる」

誠意を込めて、アレックは言う。

「無念があるのは、お前たちだけじゃない」

鞘から剣を抜いたアレックは、落ち着いた顔つきでハイゼンたちを睨む。

赤髪のアレックは、ヨツミ村という小さな集落で生まれ育った。都会からは距離があり、不便なことも多かったが、世間の忙《せわ》しなさと隔絶されたような長閑な村だった。

しかし今、ヨツミ村は地図上のどこにも存在しない。

アレックが六歳の頃、巨大なモンスターに破壊されたからだ。

このモンスターが現れた日、アレックはたまたま地方の冒険者ギルドを訪れていた。当時はまだ冒険者にそこまでの関心はなかった。ただ単に、村の外で何かを学ぶという、いわば娯楽に近い感情でアレックはギルドで依頼を受けていた。

しかしその依頼が終わった後、アレックは――唐突に、帰る家を失ってしまった。

アレックが本気で冒険者を志したのは、この瞬間である。

世の中には、人の営みを平然と破壊する化け物がいる。その現実を、アレックは認めたくなかった。だからその現実と戦えるような冒険者を目指したのだ。

友も、家族も失ったアレックは、それからおおよそ十年近く冒険者ギルドに通い詰める。いつしかアレックはその腕を買われ、赤髪のアレックの名で親しまれるようになった。

「――《変化《へんげ》の太刀》」

アレックの剣が、キュルリと不思議な音を立てた。

特殊武装《変化の太刀》の効果は、形状の変化である。伸縮自在、重量の増減も自在、刀身の幅も自在に調整可能だ。

レーゼの《栄光大輝《えいこうたいき》の剣》や、セレンの《雷々幻華》と比べると地味かもしれない。だがアレックはこの武器をとても気に入っていた。

特殊武装《変化の太刀》は、汎用性が非常に高い。

腕力でも知力でもなく、立ち回りや細々とした工夫で戦うアレックにとっては、この上なく相性がいい武器だった。

「せあ――ッ!!」

「むっ!?」

アレックが剣を振るう。

両者の間にはまだ距離があった。故にハイゼンは、剣が届くことはないと考えたが――その刹那、《変化の太刀》は刀身を伸ばした。

刀身が、ハイゼンの脇腹に直撃する。

大きな音とともに、ハイゼンが吹き飛んだ。

白衣を着た男たちが、慌ててハイゼンに駆け寄る。

「主任!?」

「ぶ、無事だ。……内側に、土木作業用の外骨格を仕込んでいてよかった……」

ハイゼンが呻き声を漏らしながら立ち上がる。

その隙に――アレックの仲間である弓使いが、矢を放つ。

「ぐおっ!?」

「ぎゃっ!?」

鏃《やじり》を丸くして殺傷力を減らした矢が、ハイゼンの仲間たちに直撃した。

困惑するハイゼンのパーティを見て、アレックは冷静に次の手を考える。

同時に、過去を悔いた。

アレックは冒険者としての経歴が長い。だからこそ、冷たい現実を突きつけられる機会も多かった。勇者にはなれない。英雄にもなれない。存在力は4から一向に伸びなくなったし、A級冒険者になってからも、若い世代の台頭に怯《おび》える日々がずっと続いた。

野心が薄れたアレックは、気がつけば冒険者としての情熱まで失っていた。

だが――今、思い出した。

自分は、世の中の理不尽から誰かを守るために、冒険者になったのだと――。

自分はまだ、道半ばだ。

「ライガンッ!!　乗《い》れッ!!」

「おう!!」

アレックの剣が、大きな鉄板のような、平べったい形状に変わる。

ライガンはその剣の上に両足を乗せた。

直後、アレックは剣を思いっきり振り抜いた。

「に、人間を飛ばして――ッ!?」

ハイゼンが驚愕する。

腐っても存在力4だ。その身体能力は既に常人の域ではない。

「こいつで――終わりだッ!!」

宙に飛んだライガンが、大きな斧を振り下ろす。

轟音《ごうおん》とともに地面が捲《まく》れた。その衝撃だけで、ハイゼンのパーティは吹き飛ばされる。

「ぐ、おぉ……っ!?」

ハイゼンは起き上がれないほどの痛みを感じていた。机にかじりついているだけでは絶対に経験することのない痛み。それを克服する精神力を、ハイゼンは鍛えていない。

砂埃《すなぼこり》に塗れたハイゼンの首筋に――アレックの剣が、添えられる。

「ありがとう。おかげで、初心《しょしん》を思い出した」

清々しい表情を浮かべるアレックに、ハイゼンは一瞬、言葉を失った。

やがてハイゼンは、小さく笑みを浮かべ……降参する。

『ハイゼンパーティ、ここで脱落ぅ!!　いやー、いい勝負でした！』

実況の声に呼応して、観客たちの声も天に響いた。

『って、えぇ!?　どうしました、解説のリッターさん!?　涙ぐんでいますが……』

『……すみません。まさか同僚が、あんなに熱い戦いを繰り広げるとは思ってなくて……』

リッターは感激のあまり涙を流していた。

フィールドでの会話は、客席には届いていない。だが、ハイゼンの鬼気迫る戦い方に、解説のリッターは何かを感じたようだった。

そんな会場の興奮を他所に、アレックは……どこか放心した様子でハイゼンを見つめる。

「アレック、どうした？」

「いや……」

アレックは、胸中の感覚を自分でも摑みきれない様子で呟く。

「……魔道具って、あんな使い方があるんだな」

ハイゼンの戦い方が、アレックの脳内で何度も反芻《はんすう》されていた。

カチリ、と歯車の嚙み合う音がする。

立ち回りが得意であると自他ともに認めるアレックは、この瞬間……自分が学ぶべき新しい戦い方が見えたような気がした。

「なんか考えてるところ悪いが、まだ試合中だぜ。集中しろ」

「……ああ」

ライガンの言葉に頷き、アレックは周囲を見る。

丁度、ヴァンハルト騎士団の団長グロックが、自身を包囲していた二つのパーティを全滅させたところだった。

グロックたちは多少疲労しているが、その鎧には傷一つついていなかった。……あのパーティとの戦いはなるべく避けるべきだろう。

アレックは他の選手たちの様子を窺う。

その瞬間——絶句した。

「……え？」

音もなく、静かに——二つのパーティが倒れる。

その中心に佇んでいたのは、青みがかった黒髪の少女だった。

◇

『な、何が起こったんでしょうか……』

『いや、これは……私も、よく見えませんでしたが……』

実況と解説の困惑した声が聞こえる。

観客も、選手たちも、何が起きたのか全く分からなかった。

「ぐ……まだ、だ……ッ!!」

倒れていた男が一人、震える身体に鞭打《むちう》って立ち上がる。

しかし、その男の傍には、長すぎる髪の少女が佇んでいた。

「し、失礼、します……」

気弱そうな態度で、アリスは男に謝罪する。

刹那、アリスはいつの間にか男の背後に立っていた。

そして、男が……ゆっくりと倒れ伏す。

『ア、アリス選手の動きが、まるで見えません！　その速度はセレン選手に並ぶか⁉　これは一体、どうやっているんでしょう⁉』

『信じ難いですが、特殊武装を使っているようには見えませんね。ということは、素の身体能力ということになるんですが……存在力5とは思えない身のこなしです』

実況と解説の息を呑《の》む気配が、観客たちにも伝染した。

フィールドが静まり返る。

「……む」

その時、キルヒが小さく声を漏らしながら、アリスの背後で斧を構えた。

飛来した投げナイフが斧に命中し、金属音が響く。

アリスの背中目掛けてナイフを投げたのは、緑影のフゼンのパーティメンバーだった。緑色の外套を羽織ったその男は小さく舌打ちする。

「あ、ありがとうございます、キルヒさん」

「気にするな……」

斧を軽く持ち上げて、キルヒが言う。

「牽制しておきます」

フィリアが弓を構え、矢を番《つが》えた。

その左目を、紫色の煙が覆う。しかしフィリアは一切動じることなく矢を放った。

放たれた矢は風を切り、アレックへと迫る。

「く……っ」

先程の戦いで疲労したアレックは、鈍い反応で矢を避けた。

あの様子だと、誰かが見張っている限り、そう簡単には攻めてこないだろう。フィリアは第二射の準備を整えて、アレックを睨んだ。

「私も、少し働いておくか」

そう言って、エクスゼールは右の手首に巻いている、黒い腕輪に触れた。

「──《接空《せっくう》》」

黒い腕輪が、漆黒の霧を生み出す。

エクスゼールはその霧の中へ足を踏み入れた。

次の瞬間、エクスゼールは──グロックの背後に姿を現す。

「失礼」

「なッ!? ──ぐあッ!?」

エクスゼールが懐から取り出したダガーを、グロックの腰に突き刺した。

ダガーは鎧の隙間を抜けて、グロックの脇腹に深々と刺さる。

グロックの仲間たちはすぐにエクスゼールを包囲した。だが、エクスゼールは再び黒い霧の中に入り、次の瞬間にはアリスたちの傍に姿を現す。

黒い霧は、エクスゼールが入るとすぐに消えた。

『こ、これはまた、何が起きたのかよく分からない攻撃です……っ‼』

『エクスゼール選手が突如、他の場所から現れたように見えましたが……恐らく、こちらはアリス選手と違って、特殊武装による力ですね』

解説の台詞を聞きながら、エクスゼールは小さく吐息を零す。

「これであの騎士も、動きづらくなっただろう」

「ありがとうございます、エクスゼールさん」

「……助かった」

フィリアとキルヒが、素直に礼を述べる。

だがその傍にいるアリスは、視線を下げたまま頭を下げた。

「あ、ありがとう、ございます……」

アリスはスカートの裾を、きゅっと摑みながら言った。

聞く者によっては、まるで何かに怯《おび》えているような声だった。

「……膠着《こうちゃく》状態に入りましたね」

周囲の選手たちを見て、フィリアが呟く。

先程アリスが目立ちすぎたのか、選手たちは警戒して動きを止めていた。

「アリス」

エクスゼールが、アリスにしか聞こえない小さな声で耳打ちする。

アリスは、びくりと身体を揺らした。

「最低でも三パーティ……できれば四パーティ以上、倒してしまえ」

アリスは息を呑んだ。

残り七パーティなら、あと二パーティ倒すだけで試合は終了する。だが、エクスゼールはそれだけでは満足しないらしい。

「エクス、ゼールさん……それは……」

「セレン＝デュバリスもやっていたことだ。躊躇《ちゅうちょ》する必要はない」

冷酷に告げるエクスゼールに、アリスは返答に窮した。

覚悟を決めないアリスを見て、エクスゼールの顔つきが険しくなる。

「アリス。まさかとは思うが……」

エクスゼールが、苛立ちを露わにしてアリスを睨んだ。

――忘れてないよな？

暗に告げられたその言葉に、アリスの顔から血の気が引く。

フィリアとキルヒは、そんな二人のやり取りに気づいていない。

「やり、ます……」

泣きそうな顔で頷くアリスを見て、エクスゼールは口角を吊り上げた。

「フィリア、キルヒ。下がってくれ。……アリスが大技を出すようだ」

まるでアリスがそう判断したかのように、エクスゼールは言う。

アリスは、鞘に納められた剣の柄に手を添えた。

純白の鞘から、ゆっくりと刀が抜かれる。外気に曝《さら》された白い刀身は、さながら陽光を反射する初雪の如く、繊細な輝きを灯《とも》しているように見えた。


「――《雪宗《ゆきむね》》」


刀身に刻まれた、雪の結晶が白く発光する。

放たれた斬撃は大きな弧を描いて、フィールドにいる選手たちへ直撃した。

音はない。あまりにも速やかで、あまりにも単調であるが故に、アリスが放った一撃は決して派手ではなかった。しかし――。

フィールドにいる選手たちは、緩やかに――倒れる。

『し、試合、終了……い、生き残ったのは、四パーティです』

アリスは指示通り、三つのパーティを倒してみせた。

◆

Bブロックの決着に、観客はどよめいた。

Aブロックの決着がついた時は、会場が熱狂の渦に包まれていた。同じ場所、同じ観客であるはずなのに、まるで異国の地のような差がある。

「ヴァンハルト騎士団が、落ちたか……」

主力のグロックが、エクスゼールの奇襲によって深手を負ったことで、彼らのパーティは最後のアリスの一撃で完全に崩壊した。

生き残ったのは四パーティ。その中には、赤髪のアレックのパーティ、緑影のフゼンのパーティ、そしてアリスのパーティが含まれる。

注目選手たちは大体残ったが、またしても予定より多くのパーティが脱落してしまった。

「見事な戦いだったな」

関係者専用の観戦席にいると、背後から声を掛けられた。

「レーゼか」

純白の鎧を纏った女性が、俺の隣に立つ。

「今、一人か？」

「ああ。さっきまでルシラとメイルもいたが、二人はこの後、仕事があるからそれぞれ持ち場へ向かった」

この後、勇闘祭の閉会式が始まる。二人はそのために移動していた。

「レーゼ。……どう思った？」

「……アリス＝フェルドラントのことか」

俺は無言で首肯した。

まず話題に挙げるべきは、間違いなく彼女だろう。

「一言で言うなら、限りなく存在力6に近い存在力5だな。……恐らく、もう一、二回強いモンスターと戦うだけで、すぐ存在力6になるはずだ」

つまり、実質レーゼと同じ実力かもしれないということか。

破格の強さだ。だからこそ、疑問も湧く。

「じゃあ何故、存在力を上げない？」

「それは私にも分からないが……察するに、彼女は普段大人しいタイプではないか？」

その問いに、俺は試合前のアリスの様子を思い出しながら答える。

「……普段は大人しいを通り越して、かなり気弱なタイプだな」

レーゼは、得心した様子で「なるほど」と相槌を打った。

「極稀にいるものだ。戦いを求めていなくても、圧倒的な強さを手に入れてしまう者が」

レーゼは、目の前の窓ガラスに触れ、フィールドにいるアリスを見据えながら語る。

「通常、私を含め、多くの冒険者は戦いに惹《ひ》かれる節がある。強敵と剣を交える最中、形容し難い昂りを感じるんだ。……だが、あのアリスという少女には、それがないんだろうな。だから彼女には存在力を上げる意志がない。……強さに対する欲がないとでも言うべきか。その無関心さのせいで、自分が周りと比べてどれほど強いのかも自覚していないように見える」

　確かに、思えばアリスは自分の強さに気づいていない節があった。そのせいで日頃から気弱な態度なのかもしれない。実力はセレンに並ぶのに、その性格は新人冒険者よりも謙虚だ。

「あの特殊武装も、相当いいものだな。セレンの《雷々幻華》に匹敵する。一瞬すぎて見間違いかもしれないが……斬撃が、ガードをすり抜けたように見えた。……面白い」

　そう告げるレーゼは、微かに好戦的な表情を浮かべていた。

　高位の冒険者として、アリスに何かを感じたようだ。

　……少し羨ましい。

　存在力1の凡才である俺には、分からない感覚だ。

「今回の試合ではあまり目立っていなかったが、彼女のパーティは他のメンバーも個性的に見えるな。緑髪の少女と、がたいが大きい男……あの二人もまだ力を隠しているだろう？」

「……そうだな。二人とも特殊武装を持っているはずだが、使うことなく勝利した」

　レーゼの問いに、俺は頷いて答える。

　Bブロックの戦いを観戦しながら、俺はフィリアとキルヒの情報を調べていた。

　フィリア＝マーレイ。――彼女は、天元流《てんげんりゅう》弓術を修めた弓使いだ。

天元流弓術は、エーヌビディア王国で最も実戦向きの弓術とされており、対人、対モンスター問わず、高い殺傷力を発揮する。

その弓術の真髄は精密射撃。音もなく、静かに獲物の急所を穿《うが》つその弓術は、一部では暗殺の弓と恐れられるほどであり、実際に裏社会には、名の知れた天元流弓術の使い手がいる。

フィリアは、そんな天元流弓術の皆伝である。

天元流弓術を極めた者は、相手が視界に入ってさえいれば、瞬く間に狙った箇所を射貫《いぬ》けるらしい。人が相手だと、頭や胴体は勿論、小指の爪すら貫けるようだ。

試合が始まる前、キルヒが「フィリアは呪いを受ける前まで弓の名手と呼ばれていた」と言っていたが、あれは一切の誇張なく真実だった。

あまりにも……惜しい。

紫煙の呪いさえ受けていなければ、フィリアは弓使いとしての名声を欲しいままにしていただろう。それほどの名手だった。

彼女は今、治癒師として活動しており、そのための特殊武装も所持している。だが今回の試合では、誰も仲間が傷つかなかったので、その出番はなかった。

……異端な経歴を持っているのは、フィリアだけではない。

キルヒ＝アイゼン。――彼は、滅鬼族随一の戦士だった。

そもそも滅鬼族は、代々鬼と戦い続けている一族であるため、生まれつき戦闘に長《た》けているのだ。中でもキルヒは極めて頑丈な肉体を生まれ持ち、生身でワイバーンの攻撃に耐えたという記録も残っている。

グラズレイ傭兵団に雇われた時、モンスターに返り討ちに遭ってアリスに助けられたとキルヒは話していたが……聞けばそのモンスターは、毒魔龍に少し劣る程度の、恐ろしい相手だったらしい。そんなモンスターと戦えば、返り討ちに遭うこともあるだろう。

（メンバーの濃さだけなら、アリスのパーティが飛び抜けているな……）

力を失った弓の名手に、滅鬼族の生き残り。そんな彼らを率いているのが、あの内気そうなアリスなのだから、珍しいバランスのパーティである。

それに……残る一人も、珍しい力を持っている。

「エクスゼールだったか。……あの男の特殊武装、かなり凶悪だな」

レーゼが呟いた。

レーゼの言う通りだ。あれは……強いというより、凶悪である。

「多分、空間を自在に移動する能力だな。あの腕輪から出た黒い霧が、二つの空間を繋げる門の役割を果たしているように見えた。……空間に干渉する特殊武装は、かなり稀少《きしょう》だ」

自身の推論を述べながら、俺は考える。

あの《接空》という特殊武装、使い方によってはあらゆる悪事が可能になるだろう。空間を自在に移動できるなら、どんな警備でも掻い潜れるし、どんな包囲からでも抜け出せる。戦いにも使えるが、どちらかと言えば暗躍に長けた特殊武装だ。

「……どいつもこいつも、よく特殊武装なんてややこしいものを使いこなせるな」

これでも特殊武装を使いこなしたいと思ったことは一度や二度ではない。しかし恥ずかしい話だが、俺に使いこなせる特殊武装なんてほぼなかった。

そんな俺に、レーゼはきょとんとした顔で告げる。

「特殊武装ならネットもたまに使っているではないか」

「……あれは、武装というより、パーティグッズみたいなものだろ」

「そのパーティグッズのような特殊武装で、あれほど活躍できるのは、後にも先にもお前くらいだろうな」

レーゼが笑いながら言う。

あれを活躍と言っていいんだろうか……。

俺はフィールドにいる、フィリアとキルヒに視線を注いだ。

フィリアとキルヒの情報を調べた際、ついでに二人の問題を解決できないか検討した。

だが、フィリアにかけられた紫煙の呪いを解く方法は極めて難しく、キルヒが探している妹も手掛かりが全くなかった。少なくとも、今すぐには解決できそうにない。

「ネット、そろそろ始まるみたいだぞ」

レーゼがフィールドを見て言う。

この国の王女ルシラ＝エーヌビディアが、選手たちの前に姿を現した。

「ああ。……最終試験の発表だな」

勇闘祭が終わったことで、勇者パーティ選抜試験はいよいよ最終試験を迎える。

だが、一次試験の面接や二次試験の勇闘祭と違って、最終試験の内容だけはまだ受験生に伝えていなかった。

それを、今から発表するのだ。

『選手諸君！　此度《こたび》は素晴らしい戦いを見せてくれて感謝しているのじゃ！　予定と違い、七パーティしか通過できなかったが、この戦いが真剣なものであったことは皆の者にも伝わったと考えておる！　敗者復活はない。勝ち進むのはこの七パーティじゃ！』

フィールドに集まった、七つのパーティを見つめながらルシラは言う。

大きな歓声が響いた。喉が潰れてもなお叫んでいる人もいるようだ。それだけ興奮してくれると、運営側としては冥利に尽きる。

『ではこれから、最終試験の内容を伝える！』

おおおっ、と観客たちが声を揃えた。

サクラを仕込んではいないはずだが、この国の人たちはノリがいい。

『が、その前に……少しだけ昔話をさせてもらうのじゃ』

ルシラがそう告げると、観客と選手たちは目を丸くした。

俺たち運営側はこれから何が語られるか知っている。

これは決して無駄な話ではない。

これを語らねば、最終試験の話はできない。

『かつて、この国には廃龍《はいりゅう》と呼ばれる龍がいた』

ルシラは、真剣な声音で語り始めた。

『廃龍は、近づくものを腐食させ、塵《ちり》に変える力を持っておった。……我が国は廃龍と相互扶助の契約を結び、おおよそ二百年もの間、我が国で発生した廃棄物の処理を任せておった。その見返りとして、我が国は北部にある巨大な森を、廃龍の巣として与えたのじゃ』

客席にいる人たちのうち、歳を取った観客たちが首を縦に振った。

『じゃが、五十年前。廃龍は天寿を全うした』

龍も生き物だ。その寿命には、逆らえない。

そして問題は――ここからだった。

『廃龍は死んでもなお、その力を失っておらんかった。むしろ今まで知性によって抑えられていた力が死ぬことで解放され、森はあっという間に腐食してしまったのじゃ。迂闊《うかつ》に近づけば塵にされるため、死体の処理は難航した。そうして手をこまねいているうちに、腐食の力に耐えられる強靭なモンスターたちが、廃龍の死骸を食べ、より凶悪な個体に変異した。……廃龍の巣は、変異したモンスターたちの魔境と化してしまったのじゃ』

ルシラは深刻な表情を浮かべて告げた。

『四十年前。廃龍の巣に棲息《せいそく》するモンスターを掃討するべく、我が国でも随一の実力を持つ冒険者が巣の中に突入した。……その冒険者には、我が国の国宝である特殊武装を貸し出していたのじゃ。その武器の力は、親交を結んだ龍の力を借りること。……龍と関わりが深い我が国にとっては、まさに破格の力じゃ』

観客たちが息を呑む気配が伝わる。

龍のことをよく知らない外国の者からすれば、その特殊武装の効果が理解できないかもしれない。しかし俺にはよく理解できた。その特殊武装は、龍と親交を結びさえすれば、毒魔龍の力や、龍化したルシラのような力が手に入るのだ。それも一つではない。複数の龍と親交を結べば、複数の龍の力を手に入れられる。

ルシラの言う通り、まさに破格の力だ。

『しかし、その冒険者は失敗した。先程言った、変異したモンスターに敗北したのじゃ』

ざわ、と客席が騒々しくなった。

『冒険者は死に、そして国宝は廃龍の巣に置き去りにされた。奪還も幾度となく試みたが、モンスターの妨害によって全て失敗している。どうしたものか頭を悩ませていると……今度は毒魔龍という脅威まで現れたのじゃ。それから我が国は毒魔龍の対処に追われることとなり、国宝の奪還は依然として中断されたままとなっておる』

そこまで語ったルシラは、フィールドにいる選手たちを見つめた。

『もう予想はできているじゃろう。――それが、最終試験じゃ』

ルシラの言葉に、会場の空気が張り詰める。

静かに息を整えたルシラは、改めて告げた。

『最終試験の内容は――廃龍の巣へ突入し、三日以内に我が国の国宝《龍冠臟剣《りゅうかんぞうけん》》を持ち帰ることじゃ！　見事、成功した暁には、そのパーティを我が国の勇者パーティに任命し、更に持ち帰った国宝《龍冠臟剣》の譲渡を約束しようッ！』

観客たちだけではなく、選手たちもざわめいた。

今、きっと彼らは二つの事実を知って混乱しているはずだ。

一つは、勇者パーティに選ばれると国宝を譲渡されるという、いいニュース。

だがもう一つは……四十年間、誰にも成し遂げられなかった、国宝の奪還という危険な任務に挑まねばならないという悪いニュース。

『無論、それが如何に危険であるかは妾も承知しておる！　じゃが、我が国が求めているのは勇者パーティじゃ！　優れた戦士でも、賢い学者でもない！　この国……いや、人類の代表となれるような英雄を妾は欲しているのじゃッ!!』

そんなルシラの言葉を聞いて、俺は小さく笑みを浮かべた。

新たな英雄か――それは俺がいつも求めているものだ。

毒魔龍を倒した時のルシラは、まさにそれだった。

次はルシラが、新たな英雄を求めている。

『英雄ならば――偉業を示せッ‼』

ルシラは激情を込めて叫んだ。

『この試験を経て、新たな英雄となってみせよッ‼』

ぶるり、と肌が震える。

選手たちの瞳に闘志が宿った。

『観客たちも、どうか彼らの背中を押してほしい！　――ここにいる誰かが勇者になる！　お主たちの期待を背負って、世界中を旅する者たちが現れるのじゃッ‼』

空気が震えるほどの歓声が響いた。

肌が粟立《あわだ》つ。……この光景を見て自覚した。勇者パーティ選抜試験は、エーヌビディア王国にとって新たな歴史そのものだ。

失敗させてはならない。

『二次試験――勇闘祭を閉会する！　皆の者、盛大な拍手を‼』

割れんばかりの拍手が、選手たちに向けられた。

ガラス越しでも観客たちの熱狂が伝わってくる。

「最終試験は三日後か」

隣にいるレーゼが小さな声で呟く。

「それまでに、もう一仕事だな」

「……悪いな。また頼らせてもらう」

「ああ。どんどん頼ってくれ」

そう言ってもらえると、俺としては気も楽になる。

「それで？　予想では、私はいつ力になればいいんだ？」

その問いに、俺は少し考えてから答えた。

「多分、今夜だ」

◇

勇闘祭が終わり、半日以上の時が経過した頃。

静まり返った真夜中の王城を、四人の男女が歩いていた。

「エーヌビディア王国も、太っ腹だよな」

誰もいない廊下で、先頭を歩く男が言った。

「勇者パーティの候補とはいえ、まさか王城のワンフロアを丸々貸し出すなんて」

「そうね。食事も今までの人生で一番美味《おい》しかったわ」

二次試験の勇闘祭を通過した受験生たちは、最終試験まで王城で宿泊することが許可されていた。勿論、他の宿を利用することも可能だが、受験生の全員が城での寝泊まりを選択した。

「……なあ、本当にやるのか？」

一番後ろを歩いていた、小柄な男が立ち止まって言う。

「俺たち、最終試験まで残ったんだぞ？　そのチャンスをふいにしていいのか？」

「……それはもう、言わない約束でしょ」

部屋を出てから、ずっと黙っていたスレンダーな少女が言う。

二人の短い会話を聞いて、先頭に立つ男が口を開いた。

「チャンスをふいにするつもりもない。上手くやれば誰にもバレないし、むしろここで好敵手を減らせば最終試験でも有利になる」

「……本気で言ってるのか？」

小柄な男の発言に、他三人は顔を顰めた。

「寝ている相手に奇襲をかけるなんて、どうかしてる」

静かな廊下に、その言葉は響いた。

「……本気なわけ、ないだろ」

先頭の男が拳を握り締めながら言う。

「こんな卑怯《ひきょう》なことをして、勇者パーティなんかになれるわけがない。でも……仕方ないじゃないか。今の俺たちには、勇者パーティになることより優先するべきことがある」

男は明らかに怒りを抱いていたが、その矛先は自分自身に向いていた。

その後、男たちは無言で廊下を歩き続ける。

「あの部屋だ。……あそこに、セレン＝デュバリスがいる」

目当ての客室を見つけると同時に、緊張が走った。

もう引き返せない。惨めな気分が決意に変わる。

「……武器を構えろ。慎重に動くぞ」

背負っていた槍を構えながら、男は仲間たちに指示を出す。

そして、一歩を踏み出そうとしたその時──扉の前に誰かが立っていることに気づいた。

「リギルのパーティだな」

静かな暗闇から、黒髪の青年が現れる。

自身の名を呼ばれて、男──リギルは動きを止めた。

その青年に、リギルは見覚えがあった。面接官として、ルシラ＝エーヌビディアの隣に座っていた青年だ。

「何故、ここに……」

「最終試験まで三日もあるんだ。場外戦くらい、こちらも予想している。……勇闘祭が終わってすぐに動いたのは、今ならまだ相手も疲れが抜けきっていないと考えたからだろう？」

青年――ネットの言葉に、リギルは目を見開いた。

図星だ。自分たちが場外戦を挑もうとしていたことも、気づかれている。

「しかし、場外戦の相手にセレンを選んだのは、なかなか大胆だな。お前たちは、もっと堅実なパーティだと思っていたが……誰かに脅されでもしたか？」

ネットの問いを聞いた瞬間、リギルの全身から汗が噴き出た。

「リギル、どうする……」

不安げな声を漏らす仲間に、リギルは歯軋《はぎし》りした。

「……この男を、倒すしかない」

「待て、ここで戦うと目立ちすぎるぞ……ッ」

「大丈夫だ。見たところ、この男は大して強くない……すぐに倒せるッ!!」

どのみち自分たちの正体はもうバレている。

今ここで確実に倒すしかない。そう思ったリギルは、瞬時に槍をネットに向けるが――。

次の瞬間、リギルは頭上から降ってきた衝撃によって、床に叩き付けられた。

「か……ッ!?」

「確かに、ネットは強くないが――この男の仲間は、その限りではないぞ」

先程まではいなかった、第三者の介入。

呻き声を漏らしながら顔を上げたリギルは、純白の鎧を目にした。

「レ、レーゼ＝フォン＝アルディアラ……っ!?」

この国で最も有名な冒険者パーティ。その団長が、目の前にいた。

レーゼは武装した四人を前にしても、余裕のある表情を浮かべていた。こちらを警戒しているようには見えない。ただ悠然と佇むその姿からは、恐ろしいほどの貫禄を感じる。

「リギル！」

「く、そ――ッ!!」

仲間たちがレーゼを取り囲み、攻撃する。

レーゼの姿が一瞬だけ霞んだ。その直後、リギルの仲間たちは膝をつく。レーゼの動きは視認すらできない。彼我《ひが》の差は圧倒的だった。

そしてレーゼは、当たり前のようにネットの前に立ち、彼を守る意志を見せる。

その様は、命懸けで主君を守る騎士そのものだった。

「お前たちは、一体……どういう関係なんだ」

ほとんど無意識に、リギルはそんな疑問を口にした。

レーゼは、少し考える素振りを見せてから答える。

「ふむ。……姉弟みたいなものだな」

「違うだろ」

ネットは額に手をやった。

◆

レーゼが四人の男女を無力化して、数分が経過した頃。

「ネット！」

廊下の向こうから、小走りで青髪の女性が近づいてきた。

近衛騎士メイルは、汗を拭いながら床に座り込むリギルたちを見る。

「すまない、遅くなってしまった」

「気にするな。丁度こっちも終わったところだ」

メイルは試験監督の仕事で忙しい。だから警備には『白龍騎士団』を雇っているのだ。

とはいえ、情報はきちんと共有している。俺が今日の夜、場外戦が起きると予想していることについては報告済みであり、もしそれが現実となった場合はレーゼとともに対策するという旨も事前に伝えていた。

「しかし……本当に現れたな。怪しいパーティは二次試験までの間に大体排除したと思っていたが……」

「ああ。だから、今この瞬間までは別に怪しくもなかったんだろうな」

ん？　と首を傾げるメイルを他所に、俺はリギルに近づいた。

「何があったのか、話してもらおうか」

そう告げると、リギルは渋々と語り出した。

震えた声で紡がれたのは、概《おおむ》ね予想通りの話だった。

「……なるほど。勇闘祭が終わった直後に、依頼を受けたと」

一通り話を聞いた俺は、腕を組みながら頷く。

「依頼の内容は、セレン＝デュバリスを最終試験に参加させないこと。その報酬として、お前たちはある薬を手に入れる。そういう取引に応じたんだな」

確認のための問いかけに、リギルはぎこちなく首を縦に振った。

「……俺の妹が、幼い頃から病でずっと寝たきりなんだ。それを治すためには、特殊な薬が必要で……依頼を完遂すれば、その薬を渡すと言われたんだ」

リギルは訥々と語り続けた。

「本当は、俺たちが勇者パーティになって、世界中を旅しながらその薬を見つけるつもりだった。たとえ見つからなくても、勇者パーティになれば沢山の金が手に入るから、それで薬を買える。でも……」

「……自分たちが勇者パーティになれるかどうかはまだ分からない。だから、取引に応じたと」

リギルが、唇を強く噛みながら頷いた。

つまるところ、リギルは自分たちが勇者パーティになれると信じきれなかったのだ。急に降ってきたチャンスに目が眩み、今この場で手を伸ばした方が確実だと考えてしまった。自分の実力より、目先の幸運を信じてしまった。

仲間たちと相談した上での行動だったのだろう。リギルの仲間たちは何も言わない。全員が無念を表している。

「依頼主は誰だ？」

「……それは、分からない」

不審に思う俺に、リギルは続けて言った。

「仕事は、ギルティアの斡旋《あっせん》で受けた」

リギルがそう告げた瞬間、全員が押し黙った。

まさか、このタイミングでその組織の名を聞くことになるとは……。

「闇ギルドのギルティアか」

メイルが深刻な顔で呟いた。

闇ギルド・ギルティア。主に、表社会では口に出せないような汚れ仕事を斡旋する犯罪組織である。その規模の大きさから、表社会でも知る者は少なくない。

ギルティアの活動は主に依頼の斡旋であり、ギルティア自身が汚れ仕事に手を染めることはあまりない。その性質ゆえに、各国も彼らを取り締まることに苦戦していた。

「薬の、稀少価値の高さから……俺たちは以前から、闇ギルドにもアンテナを伸ばしていた。

だからこの依頼を受けることができたんだ。ただ、斡旋されただけだから……依頼主に関することは、何も知らない」

リギルは後ろめたい気持ちを表に出しながら語った。

「……標的をセレンと名指ししたことから察するに、恐らく依頼主の目的は、勇者パーティの弱体化だな」

俺は推論を述べる。

「勇者パーティの強さは、その国の強さとも言える。だから他国からすると、エーヌビディア王国の勇者はできるだけ弱い方がいいんだ。勇者パーティ同士の競争や、政治的交渉などで有利になるからな。……セレンを名指ししたのは、セレンが勇者になると厄介だと判断されたからだろう。存在力5は伊達じゃない」

「……ということは、依頼主は他国の政治にまつわる者ということか」

多分そうだろう。メイルの発言に、俺は頷いて同意を示す。

セレンが勇者になることを危惧するような国はどこか。その条件で調べれば犯人の候補は幾つか思い浮かぶが、この方向で反撃したところでトカゲの尻尾切りに使われるだけだ。切られた尻尾にそこまでの労力は割けない。

「このタイミングで依頼してきた理由も簡単に予想できる。……多分、本来ならその依頼は、他のパーティがやるはずだったんだろうな」

「……え？」

驚くリギルに、俺は説明する。

「一次試験のあと、俺とレーゼは複数のパーティを捕らえた。そいつらのうち、誰かがその依頼を遂行するはずだったんだ。でも捕まって失敗したから、まだ試験を生き残っているリギルのパーティに声が掛かった」

その発想には至らなかったようで、リギルは目を見開いて硬直した。自分たちが、代えの利く末端兵として利用されていたことに悔しさを感じたのかもしれない。

「ふむ。そうなると、今回の件は複雑さが一段階増すことになるな」

レーゼが顎に指を添えながら言う。

ああ、と俺は頷いた。

「エーヌビディア王国の勇者パーティを、できるだけ弱くしてほしい……そういう依頼が既に出ているからな。下手人《げしゅにん》をいくら捕まえても、依頼が消えない限りまた繰り返される」

実際、未然に防ぐことができただけで繰り返されている。

一度目は、俺とレーゼが一次試験のあとに捕らえることで未然に防いだ。

今、リギルたちの犯行を止めたのが二度目である。

「というわけで、ちょっと待っててくれ」

そう言って俺は、ポーチの中から通信石を取り出した。

目当ての宛先を見つけ、すぐに連絡を入れる。

そんな俺の様子を、メイルが不思議そうに見ていた。

「誰と通信するんだ？」

「ギルティア」

「…………………………は？」

メイルが目を点にして驚く。

相手はそれなりに忙しい身分である。通信に出ない可能性も十分あるが――。

「お、繋がった」

すぐに出てくれるとは運がいい。

『ネットか？』

「ああ、久しぶりだな。今ちょっといいか？　緊急で話したいことがある」

『てめぇに緊急と言われたら、時間を作らないわけにはいかねぇな』

悪そうな笑い声が聞こえる。

通信の相手は、闇ギルド・ギルティアのリーダーである男だった。

「今、エーヌビディア王国で勇者パーティ選抜試験を行っているのは知っているよな？」

『ああ。それに関する依頼を幾つか仲介しているからな』

「悪いが、その依頼を全てキャンセルしてくれ」

単刀直入に告げると、ギルティアのリーダーはしばし沈黙した。

『おい。てめぇ――流石に俺たちを舐《な》めすぎじゃねぇか？』

ドスの利いた声が通信石から放たれた。

直接会っているわけでもないのに、この迫力。慣れていない者が聞けば冷や汗が止まらなくなるだろう。なにせ相手は、裏社会を束ねていると言っても過言ではない、ギルティアのリーダーである。この男を敵に回すことは、裏社会を敵に回すと言ってもいい。

だが、俺もこと対話という分野においてはそれなりに場数を踏んでいる。

確かに今、俺が話している相手は、俺の百倍強い男だが――基本的に俺は、いつも自分より強い人とばかり話しているのだ。今更、臆する必要はない。

「代わりの依頼を用意してやる」

『……なに？』

「幸い、抱えている仕事の数だけなら俺にも自信があるからな。例えば、スメル地方でモンスター討伐の手助けを頼まれているんだが――」

そう言って俺はポーチの中からメモを取り出した。

乱雑に書き殴った課題のリストを、片っ端から伝えていく。土木作業員の補充から、モンスターの討伐、ダンジョンの荷物持ちなど、彼らにも仲介できそうな仕事を伝えた。全て、俺が誰かから相談を受けた案件だ。

紹介した依頼の数が三十を超えた辺りで、ギルティアのリーダーは「もういい」と告げる。

『人間ギルドか、てめぇは。個人が管理できる仕事の量じゃねぇだろ』

「そうは言ってもな……代わりに俺も色んな人を頼っているし、おあいこだろ」

この世の中、常にどこかで誰かが困っている。

俺は知り合いが多いので、その困っている人たちの声を聞く機会も多いだけだ。

「あ、そうだ。今回の依頼主は多分、どこかの国の貴族だよな？　そいつらと揉《も》めそうなら、そいつらが逆らえないような立場の人間を紹介するから、必要になったら教えてくれ」

急な頼み事のわりに、無茶を言っている自覚はある。

だから、できる限りのアフターケアはさせてもらうという誠意を示すつもりで、俺は言ったが――。

『…………相変わらず、怖ぇ奴だなてめぇは』

何故かビビられた。

なんで俺が、あのギルティアのリーダーに「怖い」なんて言われなきゃいけないんだ。

『分かった、依頼は取り下げる』

「助かる。……久々の連絡なのに、無理を言って悪いな」

『気にすんな。俺も久々に話せて楽しかったぜ。なんせ、俺とビビらずに話せる奴はそういねぇからな』

「慣れだな、慣れ。俺も初対面の時は怖かったぞ」

『よく言うぜ。……慣れが必要だったのはこっちの方だ』

ククク、と笑い声が聞こえてから、通信は切断された。

通信石をポーチに仕舞ってから、俺はメイルたちの方を見る。

「というわけで、ギルティアからの依頼は取り下げたから、この件はもう解決だ」

状況を伝えると、メイルはポカンと口を開いたまま硬直していた。一方、レーゼは苦笑している。

「それとリギルのパーティには、腕のいい薬師を紹介しておく。薬の調合が三度の飯より好きな変わった奴だ。材料の在り処《あか》なども全てそいつが教えてくれる」

「あ、ありが、とう……」

リギルが、ぎこちなく感謝の言葉を口にした。

しかしメイルは、なんとも言えない表情を浮かべて俺を見つめていた。

「どうした？」

「いや……まさか、ギルティアとまで繋がっているとは思わなかったというか……」

「蛇の道は蛇とも言うしな。そっちの知り合いも何人かいるんだ」

清廉潔白な騎士には、少し受け入れ難い事実かもしれないが。

「それに……ギルティアはあれで、必要な組織だからな」

メイルが首を傾げる。

「ルシラなら、その意味も分かるんじゃないか？」

「そうじゃな」

廊下の向こうへ声を掛けると、聞き慣れた少女の声が返ってきた。

ルシラ＝エーヌビディアが、美しい銀髪を垂らしながらこちらに近づいていた。リギルのパーティは急いで頭を下げ、メイルは「ルシラ様っ」と少し驚いた様子を見せる。

畏《かしこ》まる者たちに対し、ルシラは微笑を浮かべ、その目で「楽にしてくれ」と告げた。

「必要悪……と、妾が口にするのは憚られるが、世の中には、生まれながらにして正当な手段では生きられない者も存在するのじゃ。貧困に苦しむ子供や、理不尽な理由で表社会から追放されてしまった者……彼らにとって、ギルティアのような組織は最後の生命線と言ってもいい。飢えを凌《しの》ぐための仕事を与えてくれる、唯一の手段なのじゃ」

きっと、メイルは知らないだろう。

この世界には、汚れ仕事に手を染めるか、飢えて死ぬかの二択しか持っていない人間が山ほどいる。ギルティアは、彼らに仕事と報酬を与える組織でもあるのだ。

「エーヌビディア王国は統治が行き届いておるから、そのような組織は不要じゃ。しかし……あらゆる国が、生まれてくる全ての民に責任を持てるわけではない。残念な話じゃがな」

「王女らしい意見だな」

「うむ。王女たるもの、酸いも甘いも嚙み分けなくてはいかんのじゃ」

エーヌビディア王国は治安がいい。辺境の村々にも領主による監視の目が行き届いている。

だが、他の国がそうとは限らないということを、ルシラは熟知しているようだった。

「とはいえ……お主たちの蛮行を、なかったことにするわけにはいかぬ」

そう言ってルシラは、リギルたちを見た。

「残念じゃが、お主たちは失格とさせてもらうのじゃ」

リギルはもはや、悔しそうな顔をしていなかった。

ただ、ただ、諦念。ギルティアから依頼を受けた時点で、こうなることは覚悟していたのだろう。

俺はポーチから紙とペンを取り出し、短くメモを書く。

「薬師の居場所だ。早めに訪ねることをオススメする」

そう言って俺はメモをリギルに渡した。

メモを受け取ったリギルは、一瞬泣きそうな顔になるが、すんでのところで堪えてみせる。

「……もし、これで俺の妹が救われるなら、あんたは俺たちの恩人だ」

リギルは真っ直ぐ俺を見据えて言う。

「恩は、いつか必ず返す。……ありがとう、本当にありがとう」

深々と頭を下げて、リギルは踵を返した。

あの様子だと多分、今晩中にも王都を去るだろう。その背中には罪悪感と一縷《いちる》の希望が宿っていた。

ふぅ、と小さく呼気を吐く。

一仕事終わった。これで少しは肩の力を抜けそうだ――そう思った矢先、ポーチの中で通信石が振動した。

着信を報《しら》せる石を取り出す。

石の表面には、先程やり取りをしていたギルティアのリーダーの名が記されていた。

『言い忘れていたことが一つある』

通信に出た俺に、ギルティアのリーダーは短く伝える。

『今回の依頼を、裏で後押ししている組織があった』

「後押し？」

『ああ。例えば工作員を侵入させるために、エーヌビディア王国の警備に穴を空けたり、他にも資金面の援助だったり……とにかく、エーヌビディア王国に対する妨害工作を支援している組織があった』

思えば、一次面接のあとで俺とレーゼが弾いた工作員は、それなりに多かった。

どうやら彼らには共通のパトロンがいたようだ。エーヌビディア王国を陥れるために、エーヌビディア王国を標的にしている工作員たちをまとめて支援していたらしい。

そんな大規模な支援……普通の組織にはできない。

「その組織の名は？」

俺の問いに、ギルティアのリーダーは一拍置いて答える。

『アムド帝国だ。……てめぇなら、その意味は分かるな？』

俺は「ああ」と小さく返事をしてから、礼を述べて通信を切った。

思わず溜息を零す。

（アムド帝国から来た受験生の中で、最終試験まで残っているパーティは……一つだけだな）

嫌な予感が、的中してしまった。

◇

同時刻。

アリスのパーティが宿泊している部屋のベランダで、二人の男女が会話していた。

「アリス」

灰髪の青年、エクスゼールが怒気を孕《はら》んだ声で少女の名を呼んだ。

アリスは、びくりと肩を揺らして怯える。

「貴様……勇闘祭で、手加減しただろう？」

「て、手加減なんて、そんな……っ」

「私の目を誤魔化せると思うな。貴様がその気になれば、もう一パーティ……いや、もう二パーティは倒せたはずだ」

眦鋭く睨むエクスゼールに対し、アリスは沈黙した。

その沈黙は肯定を意味していた。

「……まあいい。幸い予定通りに事は進んでいる」

エクスゼールは、舌打ちして告げた。

「先程、追加の指示《オーダー》が入った。《龍冠臓剣》を奪取せよ、とのことだ。……まあ、やることは変わらん。どのみち我々が勇者パーティに選ばれた暁には、エーヌビディア王国が持つあらゆる武器と情報を盗むつもりだったからな」

エクスゼールは、まるでゴミを見るような目でエーヌビディア王国王都の街並みを眺めた。

アリスにとってその光景は、穏やかで、落ち着いていて、壊すべきではないと感じるものだった。だがエクスゼールは全くそうは感じていないらしい。この男にとってエーヌビディア王国は、最初から標的に過ぎなかった。

「なんだ、その顔は？」

エクスゼールが、アリスの顔を覗《のぞ》き込《こ》む。

無意識に、アリスは反抗的な表情を浮かべていた。

「忘れていないだろうな？　フィリアも、キルヒも、貴様の両親も、私がその気になれば――」

「わ、分かっています……っ！」

アリスは慌てて首を縦に振る。

その先に続く言葉は、もう聞きたくない。

「お願いです……私は、何をされてもいいですから……誰にも、手を出さないでください……」

泣き出す寸前の震えた声で、アリスは言う。

エクスゼールは、伏せられたアリスの頭を、まるで玩具を弄ぶかのように撫でた。

「いい子だ」

［第三章］嵐の前の

勇闘祭の翌日。

最終試験は二日後であるため、今日は受験生たちにとって休養日となっていた。

俺も一応、本日は休みとなっているが……それは何も問題がなかった場合の話。

案の定、今回の選抜試験では、招かれざる客が訪れたり、想定よりも試験の合格者が少なかったりと、予想外のことが多々起きた。

宿屋で目を覚ました俺は、朝食をとってから城へ向かう。

城内にある、選抜試験運営本部を訪れると、そこには公務中のルシラがいた。

「ネット、おはようなのじゃ！」

「ああ、おはよう」

書類片手のルシラがこちらに気づき、元気一杯に挨拶したので俺も応じる。

天気がいいからか、部屋の窓が開けられていた。気持ちのいい風と、街の賑わいが窓から部屋へ入ってくる。

「最終試験が間近だからか、街の賑わいが凄いな」

「うむ。おかげで仕事も増えたが、これは嬉しい悲鳴じゃな。……毒魔龍に苦しめられていた頃を考えると、今の王都の活気は胸にくるものがあるのじゃ」

ルシラは感慨深い様子で言った。

「受験生たちはまだ城にいるのか？」

「いや、朝食をとったあとは各々自由に外出しているのじゃ。緑影のフゼンたちは王都内にある武器屋へ、鉄火槍のフィーナたちは露店巡りへ、赤髪のアレックたちは宮廷魔導学研究所へ行くと言っておったのう」

それぞれ休養日の使い方に個性が表れていた。最終試験の準備に余念がない者、気分転換をする者、そしてそれ以外……どのように過ごすかは自由だ。

「ネットは何をするのじゃ？　今日はお主も休みのはずじゃが……」

「まあ、俺も休みたいのは山々だが……」

残念ながら、そうは言えない状況である。

「そろそろ例のパーティと、話し合っておこうと思ってな」

「……うむ。妾にできることがあったら何でも言ってほしいのじゃ」

「ああ。いざという時は頼む」

城へ寄ったのは、この報告をしたかったからだ。

運営本部を出て城の外に向かう。

「ネットさん」

ふと、後方から誰かに声を掛けられる。

振り返ると、そこには金髪の少女が立っていた。

「セレン……？」

「……なんですか、その意外そうな顔は」

「いや、声を掛けられるとは思わなくて」

素直に答えると、セレンは気まずそうな顔をした。

その認識はあながち間違っているわけでもないらしい。

「昨晩、私の部屋へ侵入しようとしたパーティを止めてくれましたよね？」

「……気づいていたのか」

「あれだけ騒がしければ気づきます。……まあ正直、助けていただかなくても自力で解決できましたが、礼だけは言っておきましょう」

思ったより、律儀な性格をしている。

いや……冷静に考えれば、セレンは一次試験の面接の時も、俺以外には普通の態度をしていた。二次試験では好戦的な振る舞いをしていたが、礼儀知らずではないのだろう。

少なくとも彼女はルールを破っていない。あくまで貪欲に、勝利を欲しているだけだ。

「気にするな。俺たちも、試験を運営する責任があるからな」

そう答えると、セレンは神妙な面持ちをした。

「……一つ、訊かせてください」

セレンは小さな声で言う。

「勇者パーティ選抜試験……貴方は、その勝者は誰になると予想していますか？」

「それは……」

果たしてその問いに、運営側である俺が答えてもいいのだろうか。

セレンは、いつになく不安な表情を浮かべていた。

きっと今、彼女はその頭の中で、ある少女のことを考えているのだろう。あの、青みがかった黒髪の、華奢な身体の少女……勇闘祭のBブロックで、セレンに勝るとも劣らない結果を叩き出してみせた、少女のことを。

「ネット、ここにいたか」

回答に悩んでいると、また誰かに声を掛けられた。

純白の鎧を纏った女性が、こちらに近づいていた。

「レ、レレレ、レ、レーゼッ!?」

レ＝レレレ＝レ＝レーゼとは誰のことだろうか。

セレンは分かりやすく動揺した。そんな彼女を他所に、レーゼは俺に話しかける。

「ネット、定期報告だ。各警備、異常なし。引き続き『白龍騎士団』は所定の位置で警備しているが、何か連絡事項はないか？」

「特にないな。引き続き頼む。……しかし、報告くらいなら通信で済ませてもいいぞ？」

「そうしようと思ったが、たまたま城へ向かうネットの姿を見つけたからな。どうせ近くにいるなら会って話したいと思っただけだ」

そういうことか、と納得する。

そんな俺の隣では、セレンが険しい顔でレーゼを睨んでいた。

レーゼは、一瞬だけセレンに視線を向けたが――。

「……では、私はこれで失礼する」

「ちょっと!?」

踵を返そうとしたレーゼを、セレンが大声で引き留めた。

「なんで無視するんですかッ!!」

「いや……そんなに睨まれていたら、流石の私も話しかけるのに抵抗を感じるぞ」

「に、睨んでなどいません！」

めっちゃ睨んでいたが……。

「レ、レーゼ！　私は貴女に、失望しています!!」

セレンは、レーゼを指さして告げた。

「む、何故だ？」

「この男に籠絡されてしまったからです！」

今度は俺の方を指さしてセレンは言う。

酷い言い草だ。

「籠絡か……言い得て妙だな」

なんでお前は納得しているんだ。

レーゼが肯定する素振りを見せたせいで、セレンは一層眉を吊り上げて俺を睨んだ。

「し、知っているんですよ、私は……っ！　レーゼ、貴女は人目のないところで、この男の頭を撫でたり、抱き締めたりしているでしょう……!!」

「ああ。心地いいぞ」

レーゼは全く恥じることなく頷いた。

「そ、それに、この前は馬車の中で、ひ、ひ、膝枕をしていましたよね……っ！」

「ああ。とても心がやすらぐんだ」

話が噛み合っていない。

何故かレーゼは得意げになっている。

「待て、待て。お前たちだけで話をさせると、どんどん俺の評判が落ちそうだ」

というか、セレンは何故こんなに俺たちのことに詳しいんだ。

時と場所にはかなり配慮したはずだが……レーゼのストーカーなのか？

「セレン。誤解しているみたいだが、レーゼは俺に限った話ではなく、年下の子供なら誰でも甘やかしたがるタイプだ。だから別に俺が籠絡したわけでは──」

「何を馬鹿な。私が甘やかしたい男はネットだけだぞ」

「……え？」

レーゼの口から告げられた想定外の一言に、俺は目を丸くした。

セレンがもう、鬼の形相で俺を睨んでいたが、少し放置させてもらう。

「…………いや、確かにそんな話を聞いたぞ。レーゼは年下に対する母性が常に爆発寸前だから、俺が捌《は》け口《ぐち》になってやらないと、いずれ罪を犯すかもしれないと……」

「ああ、それは部下が勝手についてくれた嘘だな。そう伝えればネットは渋々甘えてくれるだろうと部下は言っていたが……そうか、信じていたのか。言わなきゃよかったな」

俺はもう『白龍騎士団』を信じないことにした。

巷《ちまた》ではエーヌビディア王国最強の冒険者パーティと呼ばれているが、蓋を開ければこれである。国民は、もう少しこの事実を知るべきだ。そうすれば俺の頭痛も軽くなるだろう。

「大体！　こんな男を甘やかしてどうなるんですか‼」

怒りのあまり顔を真っ赤にしたセレンが、俺を睨みながら言った。

「貴方たちの行いは、傍《はた》から見れば変態のそれです！　不健全です！　性的です！」

性的は言いすぎだろ。

「セレン、それはネットの生き様を知らないだけだ。この男はな、昔から目標に向かって健気《けなげ》に努力していて、挫折を経験しても必死に立ち上がるような男なのだ。そういう姿を見ていると、こう……守ってやりたいし、力にもなってやりたいという気持ちが沸々と表れるというか、いっそ全部私に委ねてほしいという願望が……」

恍惚《こうこつ》とした表情で性癖を語り出すレーゼを放置して、俺は他の場所へ移動を始めた。

（レーゼへの説教は、セレンに任せよう……）

馬鹿みたいな発想だが、もしかすると俺とセレンは気が合うかもしれない。何故なら俺たちは互いに、レーゼにはもっとしっかりしてほしいと思っているのだから……。

（そんなことより……早く探さないとな）

城の外に出た俺は、目当ての人物を探した。

おおよそ十分後。俺は大通りの片隅で、目当ての人物を見つけたが――。

「うぇぇ、うぇぇぇん……!!」

「あぁぁ、うあぁぁぁ……っ」

そこには、泣きじゃくる子供と少女がいた。

子供の方は、五歳くらいの少年だろうか。周囲の視線を気にすることなく、わんわんと声を上げて涙を流している。

そして、その隣で同じように泣いているのは――アリスだった。

「……なんだあれ」

どういう組み合わせだ。何故こんな朝っぱらから、道端で号泣している。

もう決して幼いとは言えないアリスが、子供と一緒に泣いている姿に俺は困惑した。

その時、涙を拭ったアリスがこちらを見て、俺の存在に気づいた。

「あ、あのっ！」

アリスが子供の手を引きながら、俺に近づいて声を掛けてくる。

「噴水広場って、どこでしょうか……!?」

◆

噴水広場に到着すると、二十代後半と思《おぼ》しき女性が大慌てで駆け寄ってきた。

どうやら、アリスが手を引いていた少年の母らしい。少年はアリスから離れ、母親の胸元に抱きついた。

お礼を言う親子と別れた後――俺は、アリスから事情を聞く。

「……なるほど。迷子を助けるつもりが、自分まで迷子になってしまったと」

「す、すみません！　本当にすみません……っ！」

アリスは何度も頭を下げて謝罪した。

一年前にエーヌビディア王国を発《た》ち、少し前までアムド帝国で活動していたアリスは、すっかり王都の土地勘を失っていたらしい。そうとは気づかずに道案内を買って出た結果が、あの二人揃って泣きじゃくる地獄の光景だったようだ。

「や、やっぱり……私は、駄目な人間です……」

アリスはすっかり落ち込んだ様子で呟いた。

「迷子の案内すらできませんし、結局、ご迷惑をおかけしてしまいましたし……本当に、私は昔から、駄目駄目な人間です……」

じわり、とアリスの目尻に涙が浮かんだ。

そんな彼女の目を見て、俺は言った。

「アリスは駄目な人間なのに、勇者を目指しているのか？」

「そ、それは……」

アリスは返答に窮した。

駄目な人間が勇者になれるはずもない。しかし、自分に自信がないアリスは、誰かに面と向かって自分を肯定することに抵抗があるのだろう。

「冗談だ」

半泣きになって困っているアリスに、俺は軽く笑ってみせる。

「そう言えば、他のメンバー……エクスゼールたちは一緒じゃないのか？」

「あ、はい。今はちょっとだけ別行動を取っていまして……フィリアさんとキルヒさんは、買い出しに……エ、エクスゼールさんは、仕事で少し、席を外してます……」

「仕事？」

「は、はいっ！　わ、私には、よく分かりませんが……」

アリスは少し焦った様子で答えた。

「で、では、私はこれで、失礼し——」

「まあ待て」

立ち去ろうとするアリスを呼び止める。

「実はさっき、冒険者ギルドで緊急のモンスター討伐依頼が出てな。よければ手伝ってくれないか？　他のメンバーたちには俺から伝えておくから」

「え、えっと、その……」

困惑するアリスに、俺は続ける。

「勿論、断ってくれても構わない。個人的な依頼だから試験とも関係ないしな。ただ、どうもモンスターが凶悪みたいで……早急に対処しないと、危険な事態に陥るかもしれない」

事態の深刻さを伝えると、先程までおろおろしていたアリスが冷静になる。

「なら……行きます」

僅かな逡巡《しゅんじゅん》の後、アリスは言った。

「その、困っている人がいるなら……助けたい、です」

「……助かる。それじゃあ、ついて来てくれ」

アリスなら、そう言ってくれると思っていた。

俺はアリスを目的地へ案内しながら――通信石を取り出す。

通信石を起動した俺は、その相手へ手短に用件を伝えた。

「メイルか？　少し頼みたいことがあるんだが――」

◆

深い森の中。湖に潜む巨大なモンスターが、激しい水飛沫《みずしぶき》とともに顔を出した。

ギガ・ウィニキス。背びれと尾びれが刃物のように鋭く、おまけに口からは水の塊を射出するという厄介な魚型モンスターである。

二日前、釣り人がこのモンスターの被害に遭い、昨日は木こりが被害に遭った。湖に近づかなくても、ギガ・ウィニキスは射程距離に入った生物を見つけると、問答無用で水を放つ獰猛なモンスターである。早急な対処が必要であると判断され、ギルドへ討伐依頼が出された。

「――《雪宗》」

純白の刀身に刻まれた、雪の紋章が燐光《りんこう》を灯す。

刹那、アリスは刀を振り抜き、少し遅れてからギガ・ウィニキスの身体が両断された。

「お、終わりました……」

「ああ。助かった」

アリスが刀を鞘に納める。その身体には傷一つない。

惚れ惚れする強さと、見ていて不安になる気弱な性格。これらを併せ持つアリスは、どこかアンバランスな人間に見えた。

「怪我はないか？」

「あ、はい、私は大丈夫です」

それはよかった。最終試験前に怪我でもされたら大変だ。

それを言うなら、最初からモンスターの討伐を彼女に任せるべきではないのだが……俺はアリスと、どうしても話さなくちゃいけないことがある。

俺たちは湖に沿って歩き、王都への帰路に就いた。

「アリスは、本当に強いな。存在力5とのことだが……もう6に近いんじゃないか」

「ど、どうでしょうか……あまり、実感はありませんが……」

レーゼが推測した通り、どうやらアリスは自分の強さにそこまで関心がないようだ。

今、モンスターを倒したアリスは、いよいよ存在力6になる寸前だろう。もしかすると最終試験の間に存在力が上がるかもしれない。

「……そんなに強いなら、勇闘祭でもっと多くのパーティを倒せたんじゃないか？」

「っ」

アリスは肩を跳ね上げて驚いた。

驚いたというより――まるで隠していた失態がバレた子供のように、動揺している。

「そ、そそそ、そんなことないです……っ！　あ、あの時は、私も手一杯でしたし、それに他の皆さんも強かったというか、なんていうか……っ」

ぐるぐると目を回し、アリスは必死に言い訳する。

その華奢な体軀が、ふらりと湖の方へ近づいた。

「アリス、足元に気をつけた方が……」

「へ？　――ひぁっ!?」

気づいた頃には遅かった。

アリスは足を滑らせ、湖に落ちる。

「う、うぇぇ……っ」

湖から顔を出したアリスの目元には、水に混じって涙が流れていた。

青みがかった長すぎる黒髪が、水に濡《ぬ》れて重たそうだ。

「大丈夫か？」

「は、はいぃ…………ありがとう、ございます……」

手を差し出し、アリスを引っ張る。

湖から上がったアリスを見て――俺は、すぐに目を逸らした。

「えっと、どうしました……？」

「……前を隠した方がいい」

視線を逸らしたまま、アリスの身体を指さす。

服が濡れてしまったせいで、アリスの白い下着が露わになっていた。

「――っ!?」

自身の姿に気づき、アリスは慌ててこちらに背中を向ける。

華奢な身体だと思っていたが、多少の凹凸はあるらしい。慎《つつ》ましい胸の膨らみや、腰のくびれは、幼い印象のアリスが隠し持っていた女性らしさをはっきり示していた。

「すすす、すみません！　お見苦しいものを……っ!!」

「いや……」

服がぴったりと肌に張り付いているせいで、後ろ姿もなかなか刺激が強い。少し動くだけで、髪が揺れ、その度に肌色の背中が見え隠れする。

俺はすぐに上着を脱ぎ、アリスに渡した。

「これを着てくれ」

「あ、ありがとう、ございます……」

アリスは礼を言って、俺から受け取った服を着た。

「以前から思っていたが、アリスはそれだけ強いのに、どうしてそんなに気弱なんだ？」

「う……っ」

再び歩き出しながら訊くと、アリスは複雑な面持ちをする。

「その……私、昔からとにかく失敗することが多くて……」

目を伏せながら、アリスは語った。

「ちゅ、中等部までは、地元の学校に通っていたんです。王都の学園とは、比べ物にならないほど小さな学校でしたけど……わ、私はそこでも、友達が一人もできなくて……。お、お話は得意じゃないですし、元々、臆病な性格でしたから……。

だ、だからせめて、強くなろうと思ったんです。その頃から勇者を目指していましたし、強くなれば皆が振り向いてくれるかもって……思ってました。それで、放課後になったらすぐに冒険者ギルドに行って、ひたすら依頼を受けたんです。……でも、私、こ、こんなのですから、周りから見れば、放課後になるとすぐに帰る人としか思われなかったみたいで……」

「……それでも、ギルドには通い続けていたから、実力だけは向上したのか」

「は、はい……じ、時間だけは、沢山ありましたから」

アリスは訥々と肯定した。

「フィリアとは、幼馴染みで、同級生でした。学校でも、フィリアだけは私と仲良くしてくれましたが……私が冒険者として活動していることには、気づいていなかったみたいです。ですから、アムド帝国から帰ってきた私が、それを伝えると……物凄く怒られました。『どうして何も言ってくれなかったんだ』って。……結局、私が悪いんです。不器用で、臆病者で、何をやっても空回りしてしまって……」

失敗ばかりが続いて――気がつけば、ネガティブな性格に拍車が掛かってしまった。

よくある話である。しかし、アリスの場合はそれが少し人より強かったのかもしれない。

「……リンも、勇者になる前は悩んでいた」

ある人物のことを思い出しながら、呟く。

目を丸くするアリスに、俺は続けて言う。

「アリスが目標にしているのは、勇者リンだろ？」

「ゆ、勇者リンを、知っているんですか!?」

驚くアリスに、俺は「ああ」と頷いた。

「あっちはアリスと違ってかなりマイペースな性格だが……アリスと同じように悩みを抱えていた。昔から、真面目に振る舞ったり、人に合わせたりすることがどうしても苦手で……自分はきっと、最後まで誰かと深く関わることなく死ぬんだろうなと、思っていたらしい」

アリスは意外そうな表情を浮かべた。

「だから、こ、そ、勇者になったみたいだ」

リンは、魔王との戦いよりも、些細な人助けで有名になった勇者である。

村が半壊すれば復興に助力し、敵を追い詰めることより目の前の誰かに手を差し伸べる。戦果を挙げることは正直少ないが、代わりに人々に寄り添うその姿は人望の厚さに繋がった。

「アリスから見て、勇者リンは不真面目に見えたか？」

アリスは首を横に振る。

「アリスから見て、勇者リンは協調性がないように見えたか？」

アリスは首を横に振る。

俺も同じだ。

最初は勇者なんて——皆、完璧な人間ばかりだと思っていた。

「憧れていると、気づきにくいだろう？　でも蓋を開ければ、勇者だって悩みの一つや二つくらい持っているんだ。……皆が憧れている勇者も、皆が見えないところでは普通の人間らしく苦労している。だからアリスも、失敗なんていちいち気にしなくていい」

これは勇者を目指しているアリスにだからこそ……というより、リンを目指しているアリスにだからこそ言える台詞だった。

世の中には、悩みに悩み、もがきにもがき、コンプレックスを克服した末に勇者として活躍している者もいる。彼らの存在は、アリスの道標になるだろう。

「それにアリスは、そこまで臆病な人間でもないさ」

目を丸くするアリスに、俺は続けて言う。

「勇者なのに逃げていいのか……その台詞をはっきり口にできる人は、そう多くない。それにアリスは、困っている人を見過ごせない性格だ。迷子になっている子供を助けたり、危険なモンスターの討伐を手伝ってくれたり……本当に臆病な人間なら、殻に閉じこもって何もしないはずだ。アリスはちゃんと、勇者に相応しい信念を持っている」

アリスはいつの間にか、伏せていた顔を上げていた。

そんな彼女を、俺は改めて真っ直ぐ見据える。

「もう一度訊くが……勇闘祭の時、本当はもっと沢山のパーティを倒せたんだろ？　なのにあえてそうしなかった理由は何故だ？」

改めて尋ねる俺に、アリスは小さく唇を震わせて答えた。

「それは……あ、貴方が、言ってくれたから……」

アリスは、水に濡れたスカートをきゅっと摑んで言う。

「本当に勇者を目指しているなら、誠実であることを期待する。……ネットさんに、そう言われて……私も、その通りだと思ったから……」

それは俺が、勇闘祭が始まる直前にアリスへ伝えた言葉だった。

俺の言葉は届いていたみたいだ。

「アリス」

足を止め、アリスの方を見る。

そろそろ本題を切り出そう。

「エクスゼールに脅迫されているのか？」

「——っ」

目を見開き、言葉に詰まるアリスへ、俺は語った。

「一次試験が終わった後、俺は受験生たちの身分や経歴について一通り調べた。その結果、多くのパーティの情報が手に入ったが……アリスのパーティだけ、何一つ調べられなかった。恐らく、何らかの隠蔽工作が行われているんだろう」

途端に怯えた様子になるアリスへ、俺は続けて言う。

「アムド帝国には、俺がどれだけ調べても全く尻尾を掴めない、ある組織が存在する。その組織とアリスのパーティで、情報の掴めなさが一致した。……だから俺は、お前たちがその組織と関わりがあることを既に把握している」

「そ、れは……っ」

そして、その組織の力があれば、審理神の加護を無効化できる道具の一つや二つ、簡単に手に入るだろう。面接ではその道具を使って嘘を見破られないようにしていたのだ。

「でも……見たところアリスは、被害者だ」

アリスが混乱しないよう、俺は落ち着いて告げた。

「だから俺は今、アリスに事情を話してほしいと思っている。……首謀者は、面接で補佐役を務めたエクスゼールだと予想しているが、今はあの男について心配しなくていい。信頼できる人に足止めを頼んでいるから、ここには来られないはずだ」

エクスゼールは、空間を移動する特殊武装を持っている。

そのため、あの男の盗み聞きを警戒するなら、遠ざけるだけでは意味がない。特殊武装を使わせないように、常に張り付く必要がある。

今はメイルにその役を頼んでいた。

試験監督の肩書を利用して、上手く時間を稼いでくれ……と伝えてはいるが、メイルのことだ。多分、しどろもどろになっているんだろうなぁと予想する。

「その、でも……わ、私は……」

アリスはどうにか言葉を絞り出そうとしているように見えた。ただ、どれだけ待ってもはっきりと喋ることはなかった。

(……俺では、力不足か)

多分、相当キツい脅迫をされているのだろう。今のアリスは、冷静に選択を悩んでいるというより恐怖のあまり正気を失っている。

「アリス。この世で一番信頼している人は誰だ？」

唐突なその問いに、アリスは目を点にしたが、やがて答える。

「りょ、両親と……パーティの、仲間たち……です」

パーティの仲間。それはエクスゼール以外のフィリアやキルヒのことか？　それとも、脅迫されている件を俺に隠すためのブラフだろうか。

「あ、あとは……勇者リンも……信頼、しています……」

アリスにとって憧れの人だ。当然、信頼もするだろう。

「そうか。じゃありンに任せよう」

「え？」

不思議そうにするアリスの隣で、俺はポーチから通信石を取り出した。

目当ての人物と通信が繋がったところで、俺は手短に用件を伝え、通信石をアリスに渡す。

「存分に話してくれ」

そう告げると、アリスはきょとんとした表情のまま通信石を耳に近づけた。

『どもどもー。勇者リンでーす』

「………………え？」

◇

ネットから渡された魔道具が、通信石と呼ばれるものであることをアリスは知っていた。使ったことはない。元々、アリスは知り合いが極端に少ない方だし、アムド帝国であの男と出会ってからは、通信に関する道具を持つことは禁止されていた。

通信石の実物を触ったのは初めてだった。

だからアリスは、たどたどしい動きで通信石を耳にあて――。

『あれ？　ちゃんと繋がってる？　おーい、勇者リンだよー』

聞き間違いじゃや、なかった――。

「あ、あああ、あのっ！　あのあのあの、わ、私――アリスでしゅっ!!」

『あははは！　緊張しすぎ！　はいはい、アリスちゃんねー』

通信石の向こうから、リンの明るい笑い声が聞こえる。

アリスは顔を真っ赤に染めた。

『通信越しでごめんねー。あ、私のことは知ってる？　さっきネットからかるーく説明されたけど、アリスちゃんは私に憧れてるんだってねー。いやー、嬉しいよ』

「と、ととと、とんでもありません！　その、私なんかが憧れて、申し訳ないですっ！」

その声は、その口調は、間違いなく勇者リンのものだった。彼女に憧れているアリスだからこそ確信する。……勇者リンだ。自分は今、本物の勇者リンと話している。

その時、ドン!!　と大きな音が通信石の向こうから聞こえた。

まるで、強大な力で何かを殴りつけたかのような……。

「え、えっと、リンさん……？」

『あー、えっと、ごめんね。別に片手間ってわけじゃないんだけど、ちょっと今、モンスターと戦っててさ』

「え……っ!?　だ、大丈夫、なんですか……!?」

『大丈夫、大丈夫。このくらいなら余裕だよー』

リンは暢気な口調で言う。

『私さー……あんまり真剣に戦うのって、好きじゃないんだよねー』

激しい戦闘音と不釣り合いな、のんびりとした雰囲気でリンは言う。

『だって、なんか深刻そうな表情で戦っていると、周りを不安にさせちゃうじゃん？　一応私は勇者だからさ、そんなふうには思われたくないの。私は全然余裕ですよーってアピールするために、適度に気を抜いている。……つまりは私の個人的な拘りの話だから、アリスちゃんが気を使う必要は全くないよー』

けたたましい音が聞こえる。きっと嵐のような、熾烈な戦いを繰り広げているはずだ。

しかしリンの口から放たれる声は、まるで長閑な田舎で過ごしているかのような……牧歌的で落ち着いた印象を受ける。

「同じ、ですね……」

アリスは、嬉しそうに微笑む。

「村の外れで、モンスターに襲われた私を助けた時も……リンさんはずっと、人を安心させるような、優しい表情を浮かべていました。……私は、そんなリンさんに……」

そんなアリスの言葉を聞いて、リンは少し間を空けてから告げた。

『アリスちゃんって……もしかして、山麓の村で助けた女の子？』

リンの質問に、アリスは目を見開く。

「お、覚えて、いるんですか……？」

『やー、覚えてるよちゃんと。髪が長かった子だよね？　……だって、あの時の君、凄くキラキラした目で私のことを見ていたからさ。……そっかそっか、もう五年も前の話だねー』

アリスの手が震えた。

まさか、覚えてくれていたなんて——制御できない激情が込み上げる。

『それで今は、勇者パーティの候補になっているわけか。……頑張ったんだねー』

「はい……はい……っ」

目頭が熱くなった。滲む涙を指で拭い取りながら、アリスは何度も首を縦に振る。

『で？　そんなアリスちゃんは、今、何に悩んでいるのかなー？』

リンの問いかけに、アリスは我に返る。

そうだった。自分は今、感傷に浸っている場合ではないのだ。

「えっと、実は……今、ネットさんに、ある質問をされていまして……」

震えた声で、アリスは言う。

「こ、答えた方が、いい質問なんです。でも……わ、私、怖くて……答えられなくて」

恩人が相手でも、そう簡単には事情を説明できなかった。

自身の口下手や臆病な心に劣等感を抱く。どうしてこうなってしまったのか……後悔の念はもはや涸れ果てているほどだった。

『えっとねー、そこにいる人は信頼できるから、話してみてもいいよ。これは勇者リンの名に懸けて誓ってもいい』

リンは、いつも通りの暢気な声音で言った。

丁度、モンスターとの戦いも決着がついたのか、戦闘の音が聞こえなくなる。

『ネットはね、人脈を武器に戦う男なんだよ』

「じ、人脈、ですか……？」

『うん。まあ一言で言うと、すっごく知り合いが多い人』

あっさりと勇者リンを紹介した辺り、確かにネットには幅広い人脈があるのだろう。

『でもさ、これって諸刃《もろは》の剣《つるぎ》だと思うんだよねー』

尊敬と呆《あき》れが綯《な》い交《ま》ぜになったような声でリンは言った。

『だって、色んな人と繋がっているってことは、ちょっとでも悪いことをしたらすぐに噂が広がっちゃうよ。……でも、ネットにはそういう噂が全くない。ネット自身は清濁併せ呑む性格だけど……きっと、傍にいる人が毎回納得しているんだろうね。ネットは必ず、正しいことをしているんだって。……本人も言ってるしね。脅迫、詐欺、不正だけはしないってさ』

リンの口から語られたのは、ネットの強い覚悟だった。

『だからね、アリスちゃんも気楽にネットを頼っていいよ。ネットはお人好《ひとよ》しだから、助けてって、ただ一言伝えるだけで力になってくれる。きっとアリスちゃんが何処にいても、ネットなら助けてくれるんじゃないかなー』

リンの、ネットに対する尊敬の念がひしひしと伝わってきた。

勇者リンに、ここまで語られるあのネットという男は、一体どんな人物なのだろうか。

「あの……ネットさんって、何者なんですか？」

『うーん……普段は、ただのお人好しかなぁ』

リンは悩ましげに答えた。

『でもね、助けを求めたら――誰よりも頼りになる人だよ』

◆

アリスとリンの会話はしばらく続いた。

その間、俺はポーチに仕舞っていた紙束を取り出し、やり残した仕事はないか確認する。紙を捲ってメモ書きを読み返していると、アリスが俺に通信石を返してきた。

「どうだった？」

尋ねると、アリスは雪のように白い頬を紅潮させて口を開いた。

「あ、あの！　ネットさんって、中央大陸で発見された海底遺跡を、最初に攻略したパーティのリーダーだったんですか!?」

アリスは興奮した様子で俺に訊いた。

「あ、あと、伝説の種族……フェンリル族の次期族長に選ばれたとか、そ、それに、閣仙郷《かくせんきょう》に眠ると言われる不老不死の霊薬を手に入れたという話も……っ！」

「……あいつ、話しすぎだ」

族長の件は断ったし、不老不死の霊薬は適当に売却したので、今はもう何処にあるのかも知らない。リンは俺の経歴について、べらべらとアリスに喋ったらしい。

「それで、どうだ？　答えてくれる気にはなったか？」

リンとの通信を切断して、俺に通信石を返却したということは、アリスは自分の口から話すつもりなのだろう。俺はアリスの発言を待つ。

「ネットさんの、言う通り……私は、エクスゼールさんに脅されています。りょ、両親と、パーティの仲間たちを、人質に取られているんです……」

なるほど、合点《がてん》がいった。

人質を取られているから、事情を伝えることすら難しかったのだろう。このことを外部に漏らせば、その時点で人質に危害を加えると脅されているに違いない。

「パーティの仲間たち……フィリアとキルヒはこのことを知っているのか？」

「いえ……知りません。脅されているのは、私だけです」

なんとなくその予想はしていた。勇闘祭Ｂブロックが始まる前、フィリアやキルヒとも顔を合わせたが、彼らはアリスと違ってエクスゼールをあまり警戒していないように見えた。

アリスは俺を信頼して、話してくれた。

勇者リンの説得が奏効したのだろうが、信頼を注がれていることには違いない。

ならば俺は――それに応える義務がある。

「アリス。もう、余計なことは考えなくていい。……アリスの両親も、仲間たちも、全部俺がなんとかする」

泣きそうな顔をするアリスに、俺ははっきりと告げた。

「だからアリスは、次の最終試験で――自分が正しいと思うことをしてくれ」

［第四章］助けを呼べば

最終試験の当日。受験生たちは、廃龍の巣の手前に集合していた。

『さて……勇者パーティ選抜試験も、いよいよ最終試験じゃ』

集まった者たちの顔ぶれを確かめながら、ルシラが言う。

『試験を始める前に、一つ残念な報せがあるのじゃ。……諸事情により、リギルのパーティが試験を辞退した。これで、残りはお主たち六パーティとなる』

どうりで、いつまで経《た》っても彼らが姿を現さないわけだ。

何故、このタイミングで辞退したのか。……最も可能性が高いのは、最終試験に怖《お》じ気《け》づいて尻尾を巻いたことだ。その次に可能性が高いのは、何らかのトラブルである。

『知っての通り、最終試験は極めて危険な内容じゃ。しかし、妾はお主たちが死ぬことを望んではおらん。よって、試験を始める前に必要な情報を共有しておくのじゃ！』

ルシラの言葉に、受験生たちは気を引き締めた。

脱落したパーティの行方を考えている場合ではない。

『廃龍の巣には、腐食の力に適応した特殊なモンスターが棲息しておる！　そしてその中でも特に厄介なのが、廃龍の死骸を食べたと思しきモンスターじゃ！　現時点でそのモンスターは二種類確認されている！　一体は廃猿《はいえん》、キングエイプというモンスターの変異種じゃ！　もう一体は廃鳥《はいちょう》、ガルーダと呼ばれるモンスターの変異種じゃ！　この二体の強さは、人で例えると存在力6に該当する！』

ざわ、と受験生たちの間にどよめきが走る。

存在力6——その領域に到達している受験生は、一人もいない。つまり廃龍の巣には、勇闘祭で戦ったどの選手よりも強力なモンスターがいるようだ。

『それともう一つ！　《龍冠臓剣》の在り処は、廃龍の巣の中央じゃ！　特殊な力を宿すこの武器は、モンスターには触れられぬため、誰かが手に入れるまで位置がズレることはない！』

モンスターの素材で造られる特殊武装には、素材となったモンスターの気配が宿るという話がある。《龍冠臓剣》に宿った気配が、モンスターたちを遠ざけているのだろう。

『猛者たちよ、よくぞここまで勝ち残ってくれたのじゃ。お主たちの奮闘は既に多くの国民が認めているじゃろう。……しかし、最後に勝利するのはこの中の一パーティのみ。妾は、お主たちの中から選ばねばならない』

ルシラは、決意を込めた瞳で告げる。

『どうか、頼む。お主たちの中から、本物の英雄が現れることを——この国の希望と成り得る新たな英雄が現れることを、妾は切に願うッ!!』

ルシラは、大きな声で宣言した。

『偉業を成せ！　――最終試験、開始じゃ！』

合図が響いた直後、複数のパーティが廃龍の巣へ足を踏み入れた。

アリスたちも、森の中に入る。勇闘祭と違って、今回は各々のパーティが成果を奪い合う試験だ。それぞれのパーティは森に入った後、別の道を進み出した。

「森の木の、半数近くが白く染まっています。……これが、廃龍の力ですか」

歩き始めてしばらく、フィリアが周囲を見渡しながら言った。

森の樹木は、通常の色合いである緑と茶色のものと、腐食の影響を受けて幹も葉も白いものが点在しており、まるで斑模様《まだらもよう》のように広がっていた。白い木の幹は軽く衝撃を与えると表面がパラパラと崩れ、葉にいたっては触れるだけで粉々に砕けて足元に落ちる。

地面にある白色の粒子は、砂ではなく、腐食によって砕けた木々の残骸だ。

「廃龍の巣は、広大な森だが……《龍冠臓剣》の在り処が判明している以上、発見にはそう時間も掛からないだろう……」

キルヒが警戒しながら呟く。つまりこの試験は、時間との勝負ではないということだ。

第一に警戒するべきはモンスターだ。各自、いつでも戦える準備を整える。

一方で、アリスは視線だけでエクスゼールを見た。

――エクスゼール＝サリバン。

アリスがアムド帝国で出会い、そして――この勇者パーティ選抜試験で、勝者になるよう命令してきた男である。

エクスゼールはアリスの実力を知り、利用できないかと考えた。その結果が人質である。エクスゼールの特殊武装《接空》は、空間を自在に移動する効果を持つ。距離の概念に縛られないエクスゼールは、遠い地で暮らしているアリスの両親をいつでも殺《あや》めることができた。

「止まれ」

エクスゼールが足を止め、鋭く告げる。

「モンスターだ」

木々の間から、虎のようなモンスターがこちらを睨んでいた。

エクスゼールの目的は、エーヌビディア王国の勇者パーティになり、王国の武具や情報を盗むことである。そのため試験に合格するという一点に限り、アリスと利害が一致していた。

だから、表向きは試験に協力的な態度を取る。

「ありがとうございます、エクスゼールさん」

「……助かった」

何も事情を知らないフィリアとキルヒが、素直に礼を述べる。

エクスゼールの本性を知っているアリスは、苦々しい顔をした。

「勇闘祭では……ほとんどアリスに任せてしまったからな」

キルヒが、背中に担いでいた斧を摑む。

「ここは、俺たちに任せてくれ……」

そう言って、キルヒがモンスター目掛けて駆け出した。

廃龍の死骸が放っていた、腐食の力の影響を受けているのか、その虎型のモンスターは灰色の外殻に覆われていた。見るからに硬そうだが、キルヒは迷いなく肉薄する。

「――《成敗斧《せいばいふ》》」

キルヒの特殊武装が、炸裂《さくれつ》する。

相手が硬ければ硬いほど攻撃力を増す。それが《成敗斧》の効果だ。振り下ろした大斧はモンスターの外殻を抉《えぐ》り、その体軀を地面に叩き付ける。

しかし、モンスターはまだ生きていた。

「並のモンスターなら、今ので沈むはずだが……」

立ち上がったモンスターはキルヒへと接近した。

次の瞬間、モンスターの背中に矢が刺さる。

アリスのすぐ傍で、フィリアが弓を構えていた。その左目を紫煙が包む。

「っ」

フィリアが第二射を放つ。矢は、キルヒが外殻を破壊したことで露出したモンスターの肉に突き刺さった。深々と鏃が肉に沈み、モンスターが悲痛の叫びを発する。

「助かる、フィリア……」

「いえ……呪いさえなければ、一発で仕留められたんですが……」

キルヒが再び斧をモンスターに叩き付け、トドメを刺す。

モンスターの身体が地面に横たわる。しばらく待っても、起き上がることはなかった。

「……強いな」

「はい。例の変異種とされる二体ではないみたいですが……この森にいるモンスターは通常より硬いようですね」

かつて、この森には腐食の力が蔓延《まんえん》していた。その力に耐えられるモンスターが森に住み始めたとのことだ。つまり、ここにいるモンスターは頑丈な個体が多いのだろう。

一同が気を引き締めた直後——ヒュン、と風を斬る音がした。

キルヒが目を見開き、身体を翻す。

鈍色《にびいろ》のナイフが、キルヒの頬を掠《かす》った。

「キルヒさんっ!?」

「……大丈夫だ」

頬から垂れる血を、キルヒは手の甲で拭う。

黒々とした森の奥から、緑色の外套を羽織った四人の男女が現れた。

そのうちの一人。先頭に立つ黒髪の男が、ナイフを握っている。

「緑影の、フゼン……？」

キルヒが目を見開く。

突如、現れた受験生の存在に、アリスは震えながら声を発した。

「ど、どうして、私たちに攻撃を……」

「どうして？　……愚問だな」

フゼンは不敵な笑みを浮かべる。

「受験生同士の敵対は、禁止されていない」

フゼンのパーティが、戦闘態勢を整える。

「本来、この環境こそが俺の戦場だ。二次試験では何もできなかった屈辱――ここで返すぞ」

次の瞬間、フゼンのパーティは散開した。

フゼンはキルヒへ接近する。それ以外の三人は、アリスの方へ向かった。

「キルヒさん、気をつけてください！」

「問題ない……正面から来るのであれば、俺は負けな――」

斧を構えたキルヒが、唐突に膝を折る。

キルヒの手足が、微かに震えていた。

「こ、これは……毒か……」

フゼンがニヤリと笑みを浮かべ、キルヒの懐に潜り込んだ。

鈍色のナイフが、キルヒの胸へと突き出される。しかしその寸前、フゼンの横合いに黒い霧が発生し、エクスゼールが現れた。

エクスゼールが細長いダガーで刺突を繰り出す。フゼンはこれを紙一重で避けた。

「おや、惜しい」

「ちっ」

フゼンが舌打ちして、飛び退く。

「キルヒさん、今治療します」

後退したフゼンを警戒しながら、フィリアは蹲《うずくま》るキルヒに近づいた。

フィリアの右手が淡く光り、銀色の天秤《てんびん》が現れる。

「《浄化と癒やしの天秤》」

左右にある杯のうち、片方が光を灯す。

キルヒの全身から痺《しび》れが取れた。

特殊武装《浄化と癒やしの天秤》は、解毒と回復、二つの効果を持つ。ただし、この武装が一日に効果を発揮できる量には限度がある。その量は解毒と回復で共有されるため、使用者は状況に応じて、解毒を優先するか回復を優先するか慎重に選ばなければならない。

フィリアは解毒した後、キルヒの頬にある傷も回復した。この程度の傷なら　大して力を使わなくても回復できる。

「空間移動に、解毒と回復……貴様ら、いい特殊武装を持っているな」

「……そういう貴方のナイフも、特殊武装ですね」

眦鋭く睨んでくるフゼンに、フィリアは警戒心を露わにしながら言った。

フゼンがその手でナイフを弄ぶ。すると、ナイフの数が二本、三本と増えていった。

「《蝕《むしば》む山刃《さんじん》》……毒のナイフを無限に生み出す武装だ。目立った効果ではないが、無限という点が気に入っている。サバイバルにおいて、武器の残量は命綱だからな」

そう言ってフゼンはナイフを投擲する。

ナイフには毒があるため、体力を消耗しても回避に専念するしかない。しかも弾数が無限となれば、ただ待つだけでは活路が開けない。

「わ、私も……」

後手に回るしかないフィリアたちを見て、アリスが鞘に手を伸ばした。

直後、フゼンの仲間たちがアリスをナイフで斬りつける。

「アリスさん!?」

「わ、私は、大丈夫です、けど……っ!」

アリスは迫るナイフを回避した。だが常に三人に包囲されているため、身動きが取れない。

フゼンが笑う。

「仲間たちには、アリス＝フェルドラントの足止めに徹してもらっている。最初から、正攻法であの女に勝てるとは思っていないからな。……仲間が全員リタイアすれば、あの女も少しは揺らぐだろう。見たところ、セレン＝デュバリスと違って精神面は未熟だ」

フゼンの言葉に、フィリアが険しい顔つきをする。

事実、既にアリスは冷静ではいられない状態だった。同じ存在力5でも、最初から一人で試験に臨んだセレンとは、精神構造がまるで違う。

「しかし、それなら……お前はたった一人で、俺たち三人を相手にするつもりか？」

キルヒが斧を構え直して言う。

フゼンのパーティは四人編成だ。そのうちの三人をアリスにあてるなら、フゼンは単身でフィリアたち三人と戦わねばならない。

舐めるな、暗にそう告げるキルヒに対し、フゼンは「ふん」と鼻で笑う。

「言ったはずだ。――この環境こそが、俺の戦場だと」

刹那、フゼンは後方へ飛び、その姿を森の闇に隠した。

数秒後、鈍色のナイフがキルヒへと放たれた。

「く……っ」

キルヒがナイフを回避すると、今度はフィリアの背中にナイフが迫る。

「フィリア、屈《かが》め！」

「え……きゃっ⁉」

エクスゼールの指示によって、迫るナイフに気づいたフィリアは悲鳴を上げながら従った。

すると、今度はエクスゼールの足目掛けてナイフが飛来する。

「ちっ」

エクスゼールが苛立ちを露わにした。

サバイバルの申し子——緑影のフゼン。凶悪なモンスターが犇《ひし》めくという魔の森で、狩人として生活していたこの男にとって、確かにこの環境は戦いやすいのだろう。

フゼンが纏う深緑の外套は、森の保護色となって姿の視認を難しくしている。

見えない。その単純な恐怖が、アリスのパーティにのし掛かった。

恐怖が身体を鈍くして、体力の消耗が加速する。

乱れた息を整えるフィリアが、一瞬だけ集中を切らした。刹那、フゼンはその隙を見逃すことなくナイフを投げる。

鈍色のナイフが、フィリアの身体に突き刺さる直前——。

「よっと！」

どこからか伸びた刀身が、フゼンのナイフを弾いた。

刀身がしゅるりと縮む。その直後、赤髪の男がフゼンの前に立ちはだかった。

「受験生同士の敵対がアリなら……受験生同士の協力も、アリだよな？」

「赤髪の、アレック……ッ」

フゼンが忌々しげに顔を歪《ゆが》めた。

見れば少し遅れて、アレックの仲間たちもこちらに接近していた。

「フゼン、だったよな？　……この森の危険性についてはお互い聞いたばかりだろ。受験生同士で争っている場合じゃないと思うぜ」

「……綺麗事を言うな」

フゼンは、構えを解くことなく告げた。

「勇者パーティに選ばれるのは、ただ一組。……受験生同士の争いはまだ続いている。それともお前は、その程度の覚悟でこの試験に参加したのか？」

アレックが眉間に皺を寄せる。

対話の手を差し伸べたが、フゼンはすぐにそれを振り払った。

「ここで倒すパーティが、一つから二つに増えただけだ」

フゼンが戦意を示し、アレックたちを睨みながら再びその姿を森の奥へ消す。

しかしその直前、フゼンが足を滑らせた。

いつの間にか、フゼンの足元が浅い沼になっている。

「貴様、それは――」

フゼンは、アレックの仲間の一人であるライガンを睨んだ。

「土を耕す魔道具と、水を生み出す魔道具。……なるほど、確かにこいつは使えるなァ」

ライガンの手には、二つの魔道具があった。

それは二次試験の勇闘祭で、魔道具学者ハイゼンが使用していたものだった。

小型の鍬と、じょうろ。戦場に不釣り合いである見た目の魔道具は、フゼンの機動力を見事に奪っている。

「貴様、ら……ッ!!」

フゼンが額に青筋を立てた。

その様子を見て、アレックはアリスに近づく。

「アリスちゃん、だっけか」

「は、はい……っ!?」

まるで天敵に囲まれた小動物かのように、アリスはびくりと肩を震わせて反応した。

しかし、アリスの実力を知っているアレックは、やりにくそうな顔をする。

「悪いが少し協力してくれるか？　あいつら、退く気がないみたいだ」

「そ、それは……」

つまり、フゼンたちをともに倒そうという提案なのだろう。

アリスは即答できなかった。

刹那――強烈なプレッシャーを感じる。

アリスも、アレックも、フゼンも、全員がその重圧に気づき、顔色を変えた。

森の奥から、何かが来る。

深い闇の向こうから出てきたのは――矢の如き速度で飛んでくる大木だった。

「――ッ!?」

飛来する大木が、フゼンの身体を掠めた。

大砲に半身を抉られたかのような痛みとともに、フゼンが吹き飛ぶ。

『ゴアァアァアァアァアァアァアァ――ッ!!』

耳を劈《つんざ》く咆哮《ほうこう》が響いた。

森の闇から、灰色の大猿が現れた。

「廃、猿……ッ!?」

それはまるで、ひび割れた鎧を纏う巨大な猿だった。

廃龍の死骸を食べた影響か、体毛の半分近くが変異して石のように硬くなっている。目は血走っており理性を感じさせない。

廃猿が鋭利な爪を、岩に突き立てた。すると、岩がゆっくりと塵に変化する。

その猿は廃龍の力を受け継いでいた。

「おいおい、随分と早く見つかっちまったな……ッ」

「……いや」

引き攣った表情を浮かべて呟くライガンの隣で、アレックは苦笑した。

「外敵が、こんなに密集しているんだ。——そりゃあ来るだろうよッ!!」

廃猿にとって自分たちは、領地を脅かす異分子だ。

「ライガン、足止めをしろ！」

「了解！」

アレックの指示で、ライガンが廃猿の足元に浅い沼を作る。

しかし廃猿がその沼に入ると——ジュウ、と水が蒸発するような音がした。

「沼が、塵に……!?」

泥水が塵に変貌している。

これでは足を滑らせることはない。

「フゼン、狙われているぞッ!!」

「くそ——っ!?」

仲間の叫びに、フゼンは焦燥した。

廃猿はその巨軀に似つかわしくない速度でフゼンに近づいた。太く、逞《たくま》しい豪腕が振り抜かれる。フゼンはその瞬間、死を覚悟したが——。

「——《雪宗》」

パチャリ、と水の音がした。

『ガァァァァァァァァ――ッ⁉』

廃猿が叫ぶ。

アリスの刀が、廃猿の腕に深く沈んでいた。すぐにアリスは刀を引き、華奢な体軀を翻して廃猿の攻撃範囲から逃れる。

「こ、こっち、です……っ！」

アリスはフゼンの手を引いて、廃猿の遠くまで避難させた。

「お前……何故、俺を助け……」

フゼンが呆然と、信じられないものを見るような目でアリスを見た。

だがアリスは既に廃猿と向き直っており――次の瞬間、再び疾駆する。

（身体が、軽い……）

不思議と、アリスは普段よりも肉体が軽いと感じていた。

いや――正確には、心が軽いのか。

アリスは数日前のことを思い出す。

『アリスの両親も、仲間たちも、全部俺がなんとかする』

それは、ある一人の青年に言われた言葉だった。

『だからアリスは、次の最終試験で――自分が正しいと思うことをしてくれ』

元々、誰かに言われなくてもそのつもりではあった。

しかし、はっきりとそう告げられ、背中を押されたのは初めてだった。

軽い。

心も身体も、勇闘祭の時よりずっと軽い。

「お、おいおい、落ち着け！　相手は存在力6相当の化け物だぞ！　ここは冷静に――」

困惑するアレックを無視する。

かつてない集中力で、アリスは廃猿と対峙《たいじ》した。

「し――ッ!!」

振り下ろされた腕を避け、アリスは刀を振るう。

家族と友人を人質に取られているアリスの精神は、決して通常の状態ではなかった。

ただ、ネットと会話したことで、ほんの少しだけ心が落ち着いた。

「《雪宗》……ッ!!」

廃猿が胸の前で腕を交差させ、アリスの攻撃に対してガードを試みた。

しかし、アリスの斬撃は廃猿の腕に触れた直後、ぐにゃりと曲がり、廃猿の巨軀を裂く。

特殊武装《雪宗》の効果は、物体に触れた瞬間、任意で斬撃を液状化できること。

まるで、触れると溶ける雪のように、アリスの斬撃は変化した。

「……嘘だろ」

アレックは目の前の光景に愕然とした。

廃猿の脅威は、存在力6に相当する。にも拘《かか》わらず、存在力5であるはずのアリスは、廃猿と渡り合っていた。それも互角どころではない。――優勢である。

「アリス、貴女は……」

フィリアは目を見開き、アリスの勇姿を見つめた。

フゼンが分析した通り、アリスは精神面が未熟だ。

だが、それは裏を返せば――精神面の変化が、強さに影響を与えるということ。

エクスゼールの脅迫によって、心身ともに縮こまっていたアリスは、ネットの言葉によってほんの少しだけ動きが軽くなった。

その些細な変化さえあれば、アリスにとっては十分だった。

「《永久《とこしえ》に彷徨《さまよ》う白魔よ》」

静かに、アリスは唱える。

「《徒花《あだばな》は積もり》《名残の雪が空に舞う》――」

アリスの刀が純白に輝き、その輪郭が雪の如く朧《おぼろ》げになった。

「スキル解放――《白咲《しらさき》》」

アリスが刀を振り抜いた直後、その斬撃は無数の雪となって、廃猿の周囲に舞った。

雪が、廃猿の身体に触れる。その瞬間――白い華が咲いた。

斬撃を雪と化す。それがスキル《白咲》の効果だった。

まるで白い華が咲きこぼれるかのように、廃猿は斬撃の嵐に飲み込まれる。

「ふは、ははは……っ!!」

勇闘祭の時とは比べものにならないほどいい動きをするアリスを見て、エクスゼールは笑う。

これほどの強さを持つ少女を、傀儡《かいらい》にしているという事実が、エクスゼールにどす黒い希望を見せた。未来永劫《えいごう》、この強さを意のままに操れると考えると笑いが止まらない。

『グルァァァァァァァァァ――ッ!!』

廃猿が咆《ほ》え、乱雑に手足を動かす。

アリスは一度後退し、それから周囲にいる受験生たちを見た。

「あ、あの……て、提案があります……っ！」

飛び散る汗を、雪のように輝かせて、アリスは言った。

「み、皆で、このモンスターを倒して、先へ進みませんか……っ!?」

緊張した面持ちで、アリスは皆の顔を見た。

こんなふうに、自分から誰かに提案をするのは初めてだった。アリスの真っ白な頬が、次第に紅潮する。

「断る」

「え……」

短く告げられたフゼンの返答に、アリスは目を点にした。

まさか、断られると思わなかったアリスは、困った顔でアレックの方を見る。

「悪い、俺も遠慮しておく」

「ぇ……え……っ⁉　どどど、どうして……っ⁉」

まさかアレックにまで断られるとは思わなかったアリスは、涙目になる。

そんなアリスに、アレックは呆れ半分の笑みを浮かべた。

「ここは俺たちだけでどうにかするから……お前たちは、先に行け」

言葉の真意が分からず、不思議そうにするアリスへアレックは続ける。

「お前なら、一人でも倒せるんだろ？」

アリスは思わず唇を引き結んだ。

見抜かれてしまった。——このまま一人で倒すのではなく、全員で廃猿を倒したら、皆で一緒に先へ進めるのではないかという考えが。

だが、フゼンもアレックも、勇者を志す人間だ。彼らはそんなアリスの優しい気遣いに甘えない。

彼らはアリスの優しさを見抜いた上で——道を譲ってくれたのだ。

「アリス、行くぞ」

エクスゼールが我先にと森の奥へ向かおうとする。

一瞬の逡巡。だが、躊躇することは彼らの覚悟を穢《けが》す行為だと瞬時に察したアリスは、深々と頭を下げて森の奥へ向かった。

廃猿も、アリスを警戒しているのか、立ち去る彼女たちを追う真似はしない。

「アレック……」

「悪い、皆」

アレックはパーティの仲間たちに謝罪する。

「あの子を差し置いて、勇者になったところで……多分、俺は胸を張れない」

そう告げるアレックの顔は、どこか清々しかった。

その表情を見て、ライガンたちアレックの仲間は笑みを浮かべる。

どうやら自分たちは、勇者パーティに選ばれそうにはない。しかし、後悔はなかった。

「でも、意外だったな。お前も同じ考えだったとは」

「……ふん」

アレックの視線を受け、フゼンは苛立たしげにナイフを弄んだ。

「いいのか？　お前は、並々ならぬ覚悟でこの試験に臨んでいるみたいだったが……」

受験生同士は争うべきではないと主張するアレックに、フゼンは「その程度の覚悟でこの試験に参加したのか？」と告げた。

フゼンには何か、大きな目的があるのだろうとアレックは予想する。

「俺たちが勇者パーティを目指している理由は、魔の森を開拓するためだ」

予想外の事実に硬直するアレックを他所に、フゼンは語る。

「俺は、巷ではサバイバルの申し子と呼ばれているが……誰が好き好んであんな生活をするものか。俺たちは皆、物心つく頃から過酷な自然環境で生きることを余儀なくされた人間だ」

つまらなそうに、フゼンは続けた。

「だから、俺たちが勇者パーティに選ばれた暁には、魔の森のような危険地帯を一つ残らず開拓し、厳正に管理するつもりだった。……だが、他の連中がその目的を叶《かな》えてくれるなら、別に俺たち自身が勇者パーティになる必要はない」

「……あの子が、お前の代わりにそれを成し遂げてくれると？」

「強いくせに、お人好しみたいだからな。利用できるだろう」

フゼンは、廃猿から自分を救ってくれたアリスのことを思い出した。

あれだけ敵意を向けていたフゼンを、あの少女は一瞬の躊躇もなく助けた。

呆れるほどのお人好しだ。

だが、ああいう人間が勇者になるなら……信頼できる気がした。

「赤髪、足を引っ張るなよ」

「こっちの台詞だ、緑影」

フゼンがナイフを軽く上に浮かせる。そのナイフは二本、三本、四本と増え続けた。

アレックは右手に剣を、左手にはハイゼンから貰った蛍光晶を取り出した。

◇

アリスたちが廃猿と戦っている頃。

セレン＝デュバリスは、全速力で廃龍の巣を走っていた。

『キュキィイイイイイイイイイ――――ッッ!!』

「くっ、しつこい……ッ!?」

頭上を飛翔するモンスターが、耳を劈く声を響かせる。

それはまるで、体毛の半分が灰色の鎧と化した鳥だった。距離が遠いため大きさは分かりにくいが、その胴は樹木の幹ほどあり、足だけでもセレンの身長を優に超える。

廃龍の巣に棲息する、特殊なモンスター――――廃鳥。

警戒するべきそのモンスターは、怒り狂った眦でセレンを睨んでいた。

「いやー……なんていうか、本当にごめんなさい」

セレンの隣で、薄緑色の髪をポニーテールにまとめた少女が一緒に走っていた。

風の踊り子ミレイ。放浪芸人として世界中で活動している彼女は、セレンに謝罪した。

「謝っても、許しません……っ！　どうして私が、貴女たちと一緒に……廃鳥に、追い回されなくちゃいけないんですか……っ！」

「それはだって、セレンが、廃鳥と戦っている私たちの前を通り過ぎちゃったから……」

「捏造《ねつぞう》しないでください！　貴女たちが私に近づいてきたんじゃないですか!!」

そう言って、セレンは反対側でともに走る少女も睨む。

「あははは ッ!!　まあまあ、皆仲良くしようよっ!!」

鉄火槍のフィーナ。鮮やかな赤髪をショートカットにしている彼女は、冒険者である以前に料理人である。自らの手であらゆる食材を集めることに拘った結果、フィーナはどんなモンスターでも仕留められる強さを手に入れた。

「それにしても、なんであんなに怒ってるんだろ。卵を奪っちゃったからかな？　それとも近くにいた鳥型のモンスターを捕まえて、丸焼きにしちゃったから？」

「貴女……試験中に何をしてるんですか」

「食べる？　鳥の丸焼き。美味しいよっ！」

「食べま――」

セレンは鞘から剣を抜き、振り返る。

「――せんッ!!」

雨のように降り注ぐ灰色の羽を、セレンは一太刀でまとめて吹き飛ばした。

激しい雷鳴とともに羽が焼却される。

足元で、セレンが捌《さば》ききれなかった廃鳥の羽が地面に突き刺さっていた。直後、羽を中心に地面が灰色に変色し、塵と化す。

「厄介な、羽ですね……」

セレンの剣が、バキリと音を立てて砕ける。

もう何度も繰り返している応酬だった。廃鳥は空高くから一方的にセレンたちを攻撃している。その両翼から放たれる羽の弾丸は、接触した対象を腐食させる効果を持ち、生身で触れると致命傷となってしまうだろう。

「リ、リーダー……ちょっと、待ってくれ……っ！」

背後で走る、大柄の男が呻き声を漏らす。

廃鳥から逃げているのはセレン、ミレイ、フィーナの三人だけではない。

セレンと違って、ミレイとフィーナにはそれぞれパーティの仲間たちがいる。突出した実力を持つミレイやフィーナと違い、彼らは既に疲労困憊《ひろうこんぱい》だった。

「うーん……このまま逃げるだけだと全滅しちゃうね」

「でも、廃鳥はずっと飛んでるしなぁ……」

ミレイとフィーナが、難しい顔で戦略を練り始めた。

そんな二人の様子を、セレンは無言で一瞥した。

（《雷々幻華》のスキルを使えば、状況を打破できるかもしれませんが……今、ここで消耗すると、他のパーティに抜け駆けされる可能性があります）

用意した七本の剣のうち、既に一本を消耗してしまった。

最終試験の目標は、エーヌビディア王国の国宝《龍冠臓剣》を持ち帰ること。だがこの国宝は一つしか存在しないため、受験生同士の競争は遅かれ早かれ始まるだろう。

それに――この最終試験には、あの少女も参加している。

アリス＝フェルドラント。彼女と争うならば、万全を期さねばならない。

(……彼女たちも、似たような考えは持っているでしょう)

セレンは、ミレイとフィーナを睨む。

敵は廃鳥だけではない。腹の探り合いはもう始まっている。

セレンはそう思い、《雷々幻華》に二本目の剣を収めたが――。

「やばい！　前の方からモンスターも来てるよっ!!」

フィーナが注意喚起する。

廃鳥から逃げるセレンたちの前方に、大きな角を生やした鹿型のモンスターがいた。節くれ立った角には無数の棘がある。あれに突進されると怪我は免れない。

「私が廃鳥の気を逸らす！」

ミレイがそう言って、廃鳥目掛けて高く跳躍した。

「――《風踏《かぜふ》みの靴》」

ミレイの靴が風を纏う。

次の瞬間、ミレイは宙に浮いていた。どうやら空を飛ぶ特殊武装を持っているらしい。風の踊り子という異名に相応しい力だ。

「――――《鉄火槍》ッ!!」

廃鳥の注意が逸れた瞬間を見計らい、フィーナが槍を構えた。

槍の穂先に熱が宿る。フィーナはそのまま、逃げる足を止めることなく、勢いをそのまま活かして槍を鹿型のモンスターに突き刺した。

槍はモンスターを貫き、その体軀が激しく燃える。

突き刺した対象を燃やす特殊武装《鉄火槍》……間違いなく強力な武器だが、フィーナはこれを、どちらかと言えば料理に利用する方が多い。

「よしっ！　モンスター倒したっ！」

「ありがとう、フィーナ！」

空を飛んでいたミレイが合流し、再び全員で一緒に逃げる。

手の内を曝し、体力の消耗も気にすることなく戦う彼女たちに、セレンは怪訝な顔をした。

「……貴女たちは、怖くないのですか？」

思わず、セレンは訊いてしまう。

「私たちはお互い、競争相手ですよ？　そんな、無防備な姿を見せて……例えば私が、貴女たちを背中から襲うとは思わないんですか？」

本気の問いだった。

しかし、ミレイとフィーナは……にっこりと笑う。

「セレンって、真面目なんだね」

どこか呆れ半分の様子で、ミレイは言った。

「襲う気がある人は、わざわざそんなことは言わないから、セレンは信用できるね！」

フィーナは屈託のない笑みを浮かべて言った。

敵意を微塵も感じさせない二人の様子に、セレンは拍子抜けする。

「セレン！　提案があるの！」

フィーナが純真な眼差しで、セレンを見つめて言う。

「アタシたちで、あの廃鳥をどうにか落としてみるから——貴女がトドメを刺してッ‼」

そう言ってフィーナは、返事も聞かずに廃鳥に向かって走り出す。

ミレイもすぐに《風踏みの靴》を発動し、廃鳥に近づいた。

「ほーら、こっちだよー？」

ミレイは廃鳥を挑発する。

すると廃鳥は分かりやすく激怒し、空を飛ぶミレイの後を追った。

恐らく廃鳥は、この森の空では最強の生物なのだろう。そのため、本来なら空の上で廃鳥に近づく生物はいない。だからこそ、接近を試みるミレイに過剰な反応を示している。

「廃鳥さーん、こっちにおいでー？」

余裕綽々《よゆうしゃくしゃく》といった様子でミレイは廃鳥とともに飛ぶ。

空を駆けるミレイの動きは流麗だった。

薄緑の髪と、靴が発する緑色の燐光が空に軌跡を描く。前後、左右、上下に自在に飛翔するミレイは、さながら宙を泳ぐ魚のようだった。

そもそも、ミレイはこの空を飛ぶ技術で、数え切れない観客を沸かせてきた。

風の踊り子。その名に相応しい舞を、ミレイは披露する。

ミレイに惑わされた廃鳥は、少しずつ地上へと誘導されていき――。

「今だッ!!　一斉攻撃――ッ!!」

フィーナの合図とともに、二つのパーティが廃鳥目掛けて攻撃を開始した。

ミレイの仲間たちは、曲芸師としての経験を活かして、ナイフやダガーを投擲する。

フィーナの仲間たちは、狩りに使う弓や、包丁のような剣で廃鳥を攻撃する。

翼に大量の武器が突き刺さり、廃鳥は少しずつ高度を下げた。

（……レーゼ。これが、貴女の求める強さですか……？）

セレンは、冷えた頭で目の前の景色を眺めていた。

本来なら競い合うべき者たちが、一致団結してモンスターと戦っている。

「落ちろ、廃鳥――ッ!!」

フィーナが傍にあった樹木を駆け上がり、廃鳥の身体に直接、槍を突き刺した。
刹那、ボウッ!!と炎が廃鳥を包む。
『ギィイイイイイィィ――ッ!!』
廃鳥が悲鳴を上げた。
その耳障りな声を聞いて、セレンは更に思考を冷やす。
仲間。確かにその言葉は正しくて、魅力的で、受け入れるべき印象を抱く。
だがセレンは知っていた。
その仲間の存在で、腑抜けになった人間がいることを――。
（私は、こんな力――認めません）
地面に落下する廃鳥を睨みながら、セレンは己の決意を再確認した。
「セレン、今だよっ!!」
廃鳥に突き刺さった槍を抜いて、フィーナがセレンの方を振り返る。
だがセレンはその声に応じず、一歩も動かなかった。
「セレン!? 何をしているの、早く――」
「――誰かに頼るから、貴女たちは弱いんです」
廃鳥から離れ、セレンの一撃を期待していたフィーナたちを真っ直ぐ睨む。
困惑するフィーナたちを他所に、廃鳥はゆっくりと起き上がり、翼を広げた。

「私は、違います」

再び空へ飛び上がった廃鳥を見据えながら、セレンは言う。

誰かに頼ると、確かに楽だろう。けれど、それは一人では立ち向かえないという己の弱さを吐露することに他ならない。

仲間に頼り続ける限り、その弱さは永遠に拭えないだろう。

セレンには、どうしてもそれが許容できない。

「私は、どんな敵でも——一人で倒せる」

空高く飛び、こちらを睥睨《へいげい》する廃鳥を、セレンもまた睨み返した。

特殊武装《雷々幻華》に納められた剣を抜くと、刀身に雷が纏わり付いた。

セレンはその剣を——真っ直ぐ、投げる。

一条の閃光が、廃鳥を貫いた。

『ギギイイイイイイ——ッ!!』

セレンは更にもう一本の剣を鞘に納め、投げた。

下から上へ稲妻が走る。本来なら有り得ないその光景は、まるで自然の法則を破壊し、ねじ曲げているかのような、身の毛がよだつ暴力的な攻撃だった。

廃鳥が再び落下する。

その機を、セレンは逃さない。

「スキル解放――《雷閃万華》」

四本目の剣を鞘に納めた。剣の柄が黄色に変色し、帯電する。

雷そのものと化した剣を、セレンは目にも留まらぬ速さで振り抜いた。

廃鳥の巨体が割け、大量の血飛沫が飛び散る。

絶命した廃鳥を見て、セレンは小さく呼気を吐いた。

同時に、セレンの剣が砕ける。勇闘祭の時と比べて上等な剣を使っているが、廃鳥の肉体が硬かったため破損してしまった。

背中の剣を、腰の鞘に納めたセレンは、落ち着いてミレイたちの方を振り返る。

「どうしますか？　貴女たちがその気なら、相手になりますが」

戦意を隠すことなくセレンは告げる。

対し、ミレイとフィーナは首を横に振った。

「やらない。……こんな状態だしね」

そう言ってミレイは、自分の左腕を指さした。

ミレイの左腕は肘の辺りが灰色に染まっており、上手く動かせないようだった。先程、廃鳥を地面に誘導した際に、羽による攻撃を受けていたらしい。

フィーナも同様に負傷しており、足が軽く炎症を起こしている。廃鳥へ槍を突き刺した後の着地で、体勢を崩して捻《ひね》ってしまったのだろう。

だがそれは、セレンにとっては単なる自己管理不足に過ぎなかった。

誰かに頼った人間特有の、弱さだと解釈した。

「セレン、確かに貴女は強いけど……なんだかね、見ていて不安になるよ」

フィーナが深刻な表情で告げる。

セレンはその言葉を無視して、森の奥へと向かった。

◇

廃鳥を倒した後、冷静になったセレンは自身の失態を痛感した。

剣は残り三本。少し心許《こころもと》ない数だ。

最初は消耗を避けるつもりだったのに、どうしてあそこまで躍起になってしまったのか。その気になれば廃鳥をあの二人に押しつけることもできたはずなのに……。

（あの廃鳥も……一人で倒せたとは言えません）

廃鳥は、風の踊り子ミレイの攪乱《かくらん》によって既に体力を消耗していた。鉄火槍のフィーナによって既に大きな損傷を受けていた。

あの状態で、自分がトドメを刺したところで、一人で倒したとは胸を張って言えない。

苛立ちが募る。

いつもより少し力強く地面を踏み、歩き続けていると、開けた場所に出た。

辺り一帯には真っ白に染まった木々だけがあった。足元に岩があったので、踏み越えようとすると、サラサラと音を立てて岩が崩れる。

廃龍の死骸が撒《ま》き散らした、腐食の力の影響を、より強く受けている場所らしい。

木々の枝葉は風を浴びるだけで塵《ち》と化し、足元に雪のように積もっている。

だからここは、森の中心であるにも拘らず、日が差していた。

その日を浴びて、煌《きら》めく何かがある。

「あれが……《龍冠臓剣》」

ようやく目当てのものを見つけた。

親交を結んだ龍の力を借りられるという、絶大な効果を持つ特殊武装。国宝に相応しいその剣は、見た目も美しく、武器というより芸術品のように見えた。

剣は抜き身の状態で地面に突き刺さっており、鞘は見つからない。《雷々幻華》のように鞘が本体の特殊武装もあるが、見た目からして《龍冠臓剣》は剣が本体だろう。

セレンが剣に近づくと――前方から、複数の足音がした。

青みがかった黒髪の少女と、視線が交錯する。

「アリス＝フェルドラント……」

「セレン、さん……」

速やかに、セレンは剣の柄に手を添えた。

戦いの準備を始めるセレンに、アリスは焦燥する。

「ま、待ってください……っ！」

「待つ？　……何故、待つ必要があるんですか？　まさかこの状況で、戦いを避けられるとでも思っているんですか？」

セレンは構えを解くことなく言う。

「最終試験の内容から察するに、受験生同士で《龍冠臓剣》を奪い合うことは、織り込み済みでしょう。むしろそれが狙いかもしれません」

アリスは小動物のように怯えた素振りを見せる。

しかし、その目だけは――真っ直ぐセレンを見ていた。

「そ、それは……違うと、思います……」

小さな声で、アリスは反論する。

「だ、だって……受験生同士の力比べなら、二次試験で十分できたはずですし……だからこの最終試験は、そういうことが目的では、ないと思います……」

セレンは一瞬、苛立ちのあまり歯軋りした。

そしてすぐに言い返そうとしたが、自分は舌戦をしたいわけではないことを思い出す。

「まあ、所詮はお互い、推測を述べているだけです」

呼気とともに苛立ちを体外へ吐き出す。

「どちらが正しいのかは……勝者が決めることにしましょう」

そう言ってセレンは、鞘から剣を抜いた。

「セ、セレンさん、私は――」

困惑するアリスへ、セレンは問答無用で剣を振るう。

アリスは素早く横合いに移動し、セレンの攻撃を回避した。

戦いたくないのに……そう言いたげな表情で、アリスも鞘から刀を抜く。

「《雷々幻華》」

「《雪宗》ッ!!」

稲妻が走る。

セレンの一撃は、極めて高い威力を誇る。しかしその軌道の先に、アリスの斬撃があった。

セレンの剣が触れた途端、アリスの斬撃は雪解けのように液状化する。まるでセレンの剣をすり抜けるかのように、アリスの斬撃はセレンの首筋に迫った。

「っ!?」

セレンは咄嗟《とっさ》に身を翻して後退する。

幸か不幸か、まだアリスを斬っていなかったので、剣は破損していない。

次の瞬間、セレンの頭上から影が落ちる。

「俺たちを……忘れるな」

いつの間にか高く跳躍していたキルヒが、巨大な斧をセレンへと振り下ろした。

セレンは瞬時に、その斧が特殊武装であることを見抜き、帯電した剣で防いだ。激しい衝撃に火花が散り、足元の地面に亀裂が走るが――。

「残念ですが、貴方とは存在力が違います」

セレンが剣を振り抜くと、雷鳴とともに稲妻が走った。

キルヒは咄嗟に飛び退いた。だが雷撃の全てを避けることはできず、脇腹が焼けている。

セレンは手始めにキルヒを倒そうと思ったが、その直後、どこからか矢が放たれた。

特殊武装でも何でもない、ただの矢だ。目視できる速度であるため最小限の動きで避ける。

アリスの後方で、フィリアが冷静に矢筒から次の矢を取り出した。

「……いい連携ですね」

だがその連携も自分には通用しない。セレンは皮肉のつもりで告げた。

しかし油断はできない。特にアリスと、アリスの傍にいる灰髪の青年だ。あの男は空間を移動する特殊武装を持っている。不意打ちされると厄介だ。

「アリス＝フェルドラント……ッ!!」

セレンが稲妻を纏って駆ける。

黄色に輝くセレンの剣と、雪の模様が刻まれたアリスの純白の刀が、激しく鍔迫《つばぜ》り合《あ》いをした。

存在力だけでなく、特殊武装の質も同程度らしい。二人を中心に暴風が吹き荒れ、衝撃波によって地面にはクレーターができる。

空間が歪むほどの、力と力のぶつかり合い。

周囲の木々が、その圧力によって塵と化していく中――。

不意に、巨大な地響きがした。

「こ、れは……？」

「地面、が……っ!?」

二人の足元が激しく揺れる。

アリスとセレンは、それぞれ真逆の方向へ飛び退いた。

次の瞬間――地面から、巨大な蛇が顔を出した。

「モンスターッ!?」

セレンが驚愕する。

地面が割れ、地下から恐ろしいほど巨大な蛇型モンスターが現れた。地割れの奥には無限の闇が広がっている。足元には大きな空洞があったらしい。

「《龍冠臟剣》が、下に……ッ!?」

アリスが焦った様子で言う。

「く……っ!?」

セレンはすぐに、落下する《龍冠臓剣》へ手を伸ばした。

同じタイミングでエクスゼールも黒い霧を出す。

だが、どちらも一歩遅れてしまった。国宝《龍冠臓剣》は、地下空間に落下する。

「面倒なことに、なりましたね……」

一度退き、改めて出現したモンスターの全貌を確認する。

その体表は廃猿や廃鳥と同じように、灰色の外殻に覆われていた。

「まさか……三体目の、変異種……っ!?」

フィリアが目を見開いて、眼前のモンスターを見る。

想定外の事実。だがよく考えれば、可能性はゼロではなかった。

何故なら、この試験が始まる前、ルシラ＝エーヌビディアは言っていた。――現時点で、変異種は二種類確認されていると。

四十年間、マトモに探索できなかった地だ。

未知のモンスターがいてもおかしくない。

「廃蛇《はいじゃ》、とでも名付けましょうか。……なかなか大きいですね」

見た目だけでは判断できないが、長年の経験によってセレンは直感した。恐らく廃蛇は、先程戦った廃鳥よりも強い。廃龍の死骸をより多く喰らったのだろう。廃鳥と違って、身体の表皮もほとんどが硬い鎧に包まれていた。

(さて。ここから、どうやって《龍冠臓剣》を取りに行くか……)

まずは、廃蛇の行動を待ちたい。隙ができればその瞬間に地下へ下りるつもりだ。

廃蛇はゆっくりと鎌首をもたげてこちらを睨む。

セレンが剣を構えると——耳障りな轟音が響いた。

「なんですか、この音は……っ⁉」

「あ、頭が……っ⁉」

キィィィン、と頭に直接響くような高音が辺り一帯に響く。

三半規管が刺激され、視界が霞んだ。地面に膝をつき、辛うじて保ったセレンは、廃蛇の尻尾が高速で震動していることに気づいた。

蛇は鳴き声を出さないが、尻尾を震動させることで音を出す。蛇型のモンスターである廃蛇も、その性質を持っているようだ。

やがて、音が少しずつ小さくなる。

セレンは震える両足で立ち上がった。

威嚇にしては大きすぎる音だ。果たして今の音は、何のためのものなのか——。

「……ッ⁉」

ゾワリ、と嫌な気配を感じ、セレンは背後を振り返った。

気のせいではない。

「モンスターが、集まっている……ッ!?」

そのための音か、とセレンは今になって気づいた。

どうやら廃蛇は、廃龍の巣に棲息するモンスターをこの一ヶ所に集めたらしい。

「セレンさん！　前っ!!」

「――っ!?」

アリスの叫びに、セレンは我に返る。

前方から、廃蛇の大きな尻尾が迫っていた。

咄嗟に剣でガードするが、まるで歯が立たない。セレンは勢いよく後方へ弾《はじ》き飛《と》ばされた。

視界があっという間に移り変わる。無数の木を貫通し、セレンは地面に叩き付けられた。

「が……ッ!?」

口から少量の血を吐きながら、セレンは立ち上がる。腐食の力で脆《もろ》くなった木々が、クッションの役割を果たしてくれたらしい。おかげで重傷を負わずに済んだ。

（マズい……孤立して、しまった）

モンスターが密集しているこの状態で、単独行動は危険だ。

しかし、すぐにセレンは自身の考えを否定する。

（……違う。孤立は私にとって、悪いことではありません）

今のは、弱気になってしまっただけだ。

起き上がったセレンは、気を引き締めて周囲を見渡す。

暗闇に潜む無数の目が、セレンを見ていた。

「う、ぁ――――っ」

ぶわり、と全身から冷や汗が噴き出す。

四方八方、どこを見てもモンスターの目がこちらを睨んでいた。暗闇に怪しく光る獰猛な瞳は、セレンのことを旨《うま》そうな獲物として捉えている。

数が多い――多すぎる。

セレンは慌てて剣を背中から引き抜いた。同時に気づく。――剣はあと二本しかない。

無理だ。

残り二本しかない剣で、これだけの数のモンスターとは戦えない。

セレンは息を潜め、大きな木の根元に隠れた。

大小様々なモンスターがセレンを探す。じわりじわりと獲物をいたぶるようなその動きにセレンは本能的な恐怖を感じた。

どうすればいい？

焦燥するセレンの脳内に答えは浮かばない。

代わりに、無意味な仮定を考えた。

もし、自分が仲間とともに行動していれば、こんなことにはならなかっただろうか？

アリスのようにパーティを結成して、ともに戦っていれば、まだ希望は残っていただろうか？

可能性は大いにある。仲間が剣を持っていれば、それを《雷々幻華》に納めてセレンはまだ戦えただろう。陽動でモンスターの気を逸らしている間に逃走経路を確保し、誰か一人がこの包囲網から抜けて助けを呼びに行くことも、できたかもしれない。

だが、セレンはその可能性を認めるわけにはいかなかった。

（ふざけないで、ください……ッ！）

どうせ隠れていてもすぐに見つかる。

セレンは剣の柄を、強く握り締めた。

「私は、誰かの助けなんて……いりませんッ!!」

黄色い稲妻が迸り、暗闇に潜むモンスターが一斉にセレンの方を向いた。

目にも留まらぬ速さでセレンは次々とモンスターを斬る。勇闘祭の時は量産品の剣を使用していたが、今使用している剣はそれよりも高価なものだ。そう簡単には壊れない。

だが、十五体前後のモンスターを両断したところで、剣がバキリと音を立てて砕けた。

残り一本。対し、モンスターの数は——まるで減っていないように見える。

地獄のような光景を目の当たりにして、セレンは己を鼓舞するように叫んだ。

「《雷閃、万華》ぁぁあぁあぁぁぁぁあぁ――ッッ!!」

雷と化した剣とともに、セレンは周囲のモンスターを薙ぎ払う。

その一撃だけで十体以上のモンスターが死んだ。だが、地面に転がる死骸を足場にして、モンスターの群れが再び迫る。まるで無限に続く津波のようだった。

縦横無尽にモンスターを斬る。足が震え、剣を振るう腕が痺れ、それでもセレンは戦った。

たった一人で最終試験まで生き残ったセレンの意志は強く、折れることはない。

しかし、その剣は――セレンの意志に応えきれず、今、砕ける。

「ぁ――」

剣が砕けた瞬間、セレンは悟った。

――死んだ。

頭上から大きな百足型《むかでがた》のモンスターが、顎を広げて近づいてくる。

これを防ぐ手段が自分にはない。

最低最悪な死に様だった。たった一人で勇者パーティ選抜試験に臨み、最終試験まで勝ち上がってきたのに、こんなところで、誰の目にも留まらぬ場所で死んでしまうのか。

セレンの瞳に涙が滲む。

堪えきれない悔しさ、無念とともに、セレンがモンスターに嚙み砕かれる――直前。

眩《まばゆ》い閃光が、百足型のモンスターを貫いた。

「まったく……君は相変わらず、好戦的だな」

突如現れたその人物は、セレンを抱え、モンスターたちから距離を取る。

純白の鎧を纏う女騎士。彼女のことなら、セレンは誰よりも知っているつもりだった。

「レー、ゼ……」

レーゼ＝フォン＝アルディアラ。

冒険者パーティ『白龍騎士団』の団長にして、存在力6の実力者。

今も昔も、セレンが最も憧れているその人物が、目の前にいた。

「ど、どうして、ここに……」

「試験の中断を伝えるため。それと、こういう事態を見越して受験生たちを救助するためだ」

レーゼはモンスターたちに視線を向けながら続ける。

「廃龍の巣から、気味の悪い音が聞こえた直後、森が揺れるほど大量のモンスターが動き出した。ルシラ殿下はこれを大規模な異常事態だと判断し、救助隊を編成・突入させた。……他の受験生たちのもとにも、私の仲間が駆けつけているだろう」

そう言って、レーゼは冷静に状況を把握する。

「しかし……一番モンスターが密集している場所に突入してみたが、まさかセレンがいるとはな。モンスターも、それだけ君のことを警戒しているということか」

「……暢気なことを、言っている場合ですか」

どこか危機感が欠けているようにも見えるレーゼに、セレンは語気鋭く言った。

「この数を、見てください。……いくら貴女でも、一人では対処できないでしょう」

「そうだな。突入こそできたが、流石にこれは厳しそうだ」

では何故、助けに来たのか。

レーゼのような場数を踏んだ実力者なら、察することができたはずだ。これほどのモンスターの密集地帯は、一度足を踏み入れれば二度と出られない。

「心配するな。何も問題はない」

セレンは、怪訝な目でレーゼを睨んだ。

この状況のどこが「問題ない」だ。

現実逃避にしか聞こえない。

しかしレーゼは、本当に平然とした様子で、懐から通信石を取り出した。

「ネットか。……ああ、予想通りの状況だ。モンスターに囲まれて身動きが取れない。一体一体は大したことないが、如何《いかん》せん数が多すぎる」

まるでただの業務連絡のような口調でレーゼが告げる。

すぐに通信石から、男の声が聞こえた。

『しばらく持《も》ち堪《こた》えてくれ。なんとかしてみる』

それは、レーゼを誑《たぶら》かした男——ネットの声だった。

――なんとかしてみる？

あの、自分一人では何もできない、貧弱な男が……まさか自分たちを助けるつもりなのか？

「セレン。せっかくだから、その目で確かめてみるといい」

通信石を仕舞い、レーゼは言う。

「かつての私に欠けていたもの……そして、今の君に欠けているものを」

◆

通信石をポーチに仕舞った俺は、隣にいるルシラへ声を掛けた。

「レーゼから連絡が入った」

「どうじゃった!?」

「案の上だ。既に向かわせた騎士たちだけでは、人手が足りない」

廃龍の巣で起きた異常事態を、俺たちは概ね把握していた。

外にいる者たちでも気づくほど、大きな異常だったのだ。あの歪《いびつ》な音が聞こえた直後、まるで森全体が一つの生命体であるかのように激しく蠢いた。何処からか現れた無数のモンスターが、森の中央に向かっている姿を俺たちは視認している。

「すまぬ……妾の想定が甘かったのじゃ」

「いや、こればかりは仕方ない。いざという時のために大量の騎士を待機させていたし、『白龍騎士団』にも協力してもらっていた。……その上で人手が足りないというのは、流石に予想できない事態だ。……まさか、廃龍の巣にこれほどモンスターが潜んでいるとはな」

目の前に広がる、深い森を見据えて言う。

付近を警備していた騎士が、地中からモンスターが出現したことを確認していた。どうやら廃龍の巣の真下には、巨大な地下空間があったようだ。そこにモンスターが多数、棲息していたのだろう。森は依然としてざわついている。

ルシラは即座に試験を中断して、この場で待機していた騎士たちを救助に向かわせた。近衛騎士のメイルも廃龍の巣へ突入している。

「とにかく、今は増援を送ることを考えないとな」

「し、しかし、もう送り出せる兵士たちがおらんのじゃ」

「伝手《つて》はある」

驚くルシラに、俺は告げた。

「冒険者だ。……王都にいる冒険者たちに、救助を求める」

冒険者たちの中には、勇者パーティの誕生を期待して、依頼を受けずに暇を持て余している者がいるはずだ。

彼らが今すぐ駆けつけてくれたら、人手は足りる。

「じゃが、それでは人数を集められても、果たして間に合うかどうか……」

不安げな様子を見せるルシラを、俺は真顔で見つめた。

一つだけ、その解決法がある。

「ルシラ。一仕事、頼んでいいか？」

その問いかけを聞いて、ルシラは俺の意図を察した。

ルシラは真剣な面持ちで、首を縦に振る。

「うむ……おやすいごようなのじゃっ！」

ポーチの中から取り出した通信石を、俺は耳にあてた。

『はい、冒険者ギルド、王都本部です！』

「ネットだ。突然で申し訳ないが、緊急依頼を出したい」

普段よく接している冒険者ギルドの受付嬢に、俺は用件を伝えた。

「廃龍の巣で、大量のモンスターが発生した。できるだけ多くの冒険者に来てほしい」

『か、畏まりました。しかし、ここから向かうとなると、時間がかかりそうですが……』

「問題ない。足はこちらで用意する」

受付嬢は手際よく依頼を作成してくれる。

通信を切断した俺は、ふぅ、と小さく息を吐いた。

「さて……何人集まってくれるか」

こればかりは俺にも分からない。

廃龍の巣が危険な場所であることは、周知の事実だ。緊急依頼でもあるため、あまり人数が集まらない可能性もある。

せめて、二桁以上は集まってほしいところだが……。

◇

冒険者ギルドは、いつもより多くの人で賑わっていた。

今、この国では勇者パーティ選抜試験が行われている。この歴史的瞬間を見逃すまいと、冒険者たちは馴染みのあるギルドで時間を潰し、試験の結果発表を待っていた。

「み、皆さん！　緊急依頼です！」

その時、カウンターの奥から慌てた様子の受付嬢が現れ、冒険者たちに告げた。

「場所は現在、勇者パーティ選抜試験が行われている廃龍の巣です！　モンスターが大量発生したため、巣の中にいる受験生たちの救助が求められています！」

依頼の内容を聞いた冒険者たちは、顔を突き合わせた。

「……どうする？」

「まあ、行けるっちゃ行けるが……」

「救助対象の受験生って、勇闘祭で戦っていたあいつらだよな……？」

「あんな奴らでも太刀打ちできないのに、俺たちが行ったところで意味あるのか？」

冒険者たちの反応は、どちらかといえばネガティブだった。

当然である。今回の緊急依頼の内容は、十中八九、命の危険が伴う。廃龍の巣が如何に危険な場所であるかは勇闘祭の時にさんざん説明されたことだ。

「なお、依頼主はネット様です！」

受付嬢が大きな声で言う。

その瞬間――ギルドは一瞬、静寂に包まれた。


「――ネット？」


誰かがその名を口にする。

「ネットって、あの……？」

ざわめきが波のように、ギルド全体へと広がっていく。

ネット。その名を聞いた冒険者たちは態度を変えた。

「この前……俺たちに飯を奢《おご》ってくれた、あいつか」

「俺は、仕事を手伝ってもらったな……」

「依頼に失敗した時、何度も励ましてくれた……」

「私も、旦那と喧嘩《けんか》した時、愚痴を聞いてもらったねぇ」

次々と、ネットを語る者たちが現れた。

色んな国の文化を教えてもらった者。商売を始める際にアドバイスを受けた者。オススメの魔道具店を教えてもらった者。世にも珍しい冒険譚《ぼうけんたん》を聞かせてもらった者。

誰もが、ネットという男に心当たりがあった。

お世辞にも腕が立つ冒険者とは言い難い。けれど、あの男はいつだって自分たちの味方だった。そのお人好しっぷりは冒険者たちもよく知るところであり、ネットが不在の時も、ギルドではあの男を話題にして盛り上がる者が多かった。

「俺たちは、あいつのおかげでパーティを組むことができたんだ……」

「私たちも……ネットさんに、色々教えてもらったおかげで……」

仲間たちと顔を見合わせながら、冒険者たちは語り出す。

大切な仲間と巡り合わせてくれた恩。

命に関わる大事なことを教えてくれた恩。

冒険者たちは、ネットという男に、無視できない縁を感じていた。

「そうか、あの男の依頼か……」

誰かが小さな声で呟いた。

「それじゃあ――助けに行かねぇとな」

ギルドにいる、全ての冒険者が立ち上がった。

◇

セレン＝デュバリスにとって、レーゼ＝フォン＝アルディアラは憧憬の対象だった。

ただし、セレンが憧れていたのは今のレーゼではなく、過去のレーゼである。

かつて彼女は、白鬼《びゃっき》のレーゼと呼ばれていた。読んで字の如く、白い姿で鬼の如く戦う猛者である。どんな屈強なモンスターが相手でも、単身で立ち向かい、そして勝ってみせる。純白の鎧が返り血に染まる様は、他の冒険者が畏怖するほどだった。

セレンにとって、そんなレーゼは強さの象徴だった。血みどろになっても前へ前へと向かう彼女の姿は、気高くて、尊くて、目指すべきものだと感じた。レーゼの、返り血に染まった鎧を見た時、セレンは「これが本当の強さなんだ」と興奮したものだ。

地獄のような努力も、レーゼに近づくためだと考えれば苦にならなかった。格上のモンスターと戦い続け、生傷の絶えない日々を過ごすうちに、いつしかセレンはレーゼと肩を並べるほどに成長する。白鬼と雷帝は良き好敵手であると、いつしか多くの冒険者が語るようになった。

しかし、そんなレーゼが、ある日を境に様子を変えた。

レーゼは急に、誰かとともに行動するようになった。怪我を負う回数が減り、返り血を浴びることも減り、いつしかレーゼは純白の鎧を汚さないまま冒険から帰還することが増えた。

レーゼはやがて冒険者パーティ『白龍騎士団』を結成し、その団長となった。かつての白鬼という名で呼ばれることは少なくなった。

だがセレンは――白鬼だった頃のレーゼの方が、強いと感じていた。

「かつて、私はセレンと同じように、ただひたすら強さを追い求めていた」

襲い掛かるモンスターを次々と撃退しながら、レーゼは語った。

セレンはもはや、立ち上がることすらできないほど消耗している。そんなセレンの盾となるかのように、レーゼは一歩も退くことなくモンスターと戦った。

「依頼はできる限り一人で受け、過酷な闘争の中で牙を磨き続けていた。その時に培った強さは……確かに、今も活きている」

額から汗を流しながら、レーゼは言う。

口調ほど戦況に余裕はなかった。

レーゼの特殊武装《栄光大輝《えいこうたいき》の剣》のスキルは、剣を槍の形状に変え、投擲することで光線のような一撃を放つことだ。だが、この状況で武器を失えば、すぐに自分たちはモンスターたちの餌になってしまう。よってレーゼはスキルの発動を封じられていた。

「しかしある日、遠い地で暮らしている家族が、モンスターに襲われてしまってな」

モンスターの攻撃を受け流しながら、レーゼは言った。

「今から助けに行っても間に合わない。……どうしようもなく焦っていた時、たまたま近くにいたのが、あのネットという男だ。ネットは私の話を聞いて——すぐに家族を助けてくれた」

「すぐに……？」

訊き返すセレンに、レーゼは微笑した。

「私の家族が住んでいる土地に、知り合いの冒険者がいたらしい。その冒険者に頼んで、家族を救ってもらったんだ」

「……そんなの、ただの人任せじゃないですか」

「ははっ、そうだな」

憮然《ぶぜん》とするセレンに対し、レーゼは清々しく笑う。

「だがそれは、私にはできなかったことだ。……私の強さでは、家族を救えなかった」

レーゼは、己の掌を見つめて、呟くように言った。

感傷に浸る隙もなく、モンスターが猛攻を仕掛けてくる。

光り輝く剣でモンスターの攻撃を防いだレーゼは、がくりと膝を折って地面に手をついた。

「つと……流石に、疲れてきたな……」

「……もう、いいです。私を置いて、貴女は逃げてください」

正直、苦戦するレーゼなんて見たくなかった。

だがレーゼは、疲れてこそいるがその瞳には希望を宿しており、

「心配するな。何も問題はないと言っただろう」

まるで苦戦なんて微塵もしていないかの様子で笑う。

「そら――来てくれたみたいだぞ」

レーゼが前方を見つめて言う。

その直後、無数の人の気配がした。

「いたぞ――ッ‼」

誰かがセレンたちの存在に気づき、大声で叫ぶ。

すぐに他の声も聞こえてきた。

「逃走経路を確保しろ！　余裕がある奴はモンスターを引き付けてくれ！」

「怪我人がいる！　治癒師を呼べ！」

冒険者たちが、セレンたちのもとへ駆けつける。

その数は一人や二人ではない。十人、二十人……いや、もっと多い。

「な、なんですか、これは……」

セレンにとっては、信じられない光景だった。

顔も名も知らない冒険者が、自分たちを助けるために、これほど多く集まっている。

「どうやら、街中の冒険者が来てくれたみたいだな」

レーゼは「ふぅ」と息を吐き、安堵の笑みを浮かべた。

冒険者たちがモンスターの群れを足止めしている。

彼らがほとんど無傷でここまで来られたのは、セレンたち受験生が道中のモンスターを倒していたからだろう。特に、廃鳥と廃猿が討伐された今、廃龍の巣は以前ほど危険ではなくなった。

セレンが呆然としていると、治癒師の女性が近づいてくる。

「今、怪我を治しますね……」

「……ありがとう、ございます」

女性が魔法を使ってセレンの外傷を癒やす。

「二人とも無事だな」

集まってきた冒険者たちの中から、聞き覚えのある声がする。

黒髪黒目の、冴えない顔をした青年——ネットがそこにいた。

「な、何故、貴方がここに……っ」

「現場にいた方が、状況を把握しやすいだろ」

しれっとそう言ったネットは、ポーチの中から通信石を取り出し、誰かと話す。

「聞こえるか？　……ああ、セレンのところはもう大丈夫だ。他の受験生の避難も大体完了している。俺とレーゼはアリスたちの救助へ向かうから、皆は引き続き辺りを警戒してくれ」

ネットは慣れた様子で、冒険者たちの陣頭指揮を執っていた。

「随分と早い到着だったな」

レーゼがネットに言う。

「ああ。ルシラに運んでもらったんだ」

その言葉が聞こえた時、セレンは納得した。

ルシラ＝エーヌビディア。この国の王女にして、龍化病の少女である。なるほど、龍化した彼女に運んでもらえば、王都から廃龍の巣まですぐに移動できる。

セレンには……理解できなかった。

目の前にいる冒険者たちも、王女殿下も、どうしてこの男に協力するのか。

「……どうして」

疑問が、言葉になって溢《あふ》れ出《で》る。

「どうして……貴方たちは、あの男に従っているんですか……？」

そんなセレンの問いに、傍にいた冒険者たちは目を丸くして、顔を見合わせた。

「どうしてって、言われてもな……そりゃあ、誰だって仲間は助けるだろ」

「あいつには恩があるしな」

「それに、これからも助けてほしいし」

「また一緒に朝まで飲み明かしてぇし」

ネットのことを語る冒険者たちは、誰もが楽しそうに笑っていた。

そんな彼らの様子を見て、セレンは不思議な気持ちになる。

「セレン……分かるか？」

通信石を耳にあて、指揮を執り続けるネットを見つめながら、レーゼは言った。

「これは、私にはない強さだ」

深い尊敬を込めて、レーゼは言った。

同時に、セレンはレーゼが何故変化したのかを知る。

レーゼは――この強さに焦がれたのだ。

血みどろの戦いをどれだけ繰り返しても、この強さは手に入らない。かつて、白鬼と呼ばれていたレーゼには勿論、今のセレンにもない強さだ。

だからこそ、レーゼは『白龍騎士団』を結成したのだろう。

よく分かった。

レーゼが変化した理由も。

レーゼが、この強さに焦がれた理由も――。

「ネット＝ワークインター」

外傷を治療してもらったセレンは、ネットに近づいて声を掛けた。

「最終試験を、リタイアさせてください」

「……いいのか？」

セレンは「はい」と頷いた。

「今の私は、勇者に相応しくありません。もっと視野を広げて……世界を知ることにします」

◇

灰色の鎧に覆われた蛇が、鎌首をもたげて威嚇する。

アリスは刀を構えて、廃蛇と対峙した。

セレンは既に戦線を離脱している。今この場にいるパーティの仲間たちだけで、眼前の巨大なモンスターと戦わねばならない。

廃蛇は間違いなく、アリスが今まで戦ったどのモンスターよりも強かった。

けれど、廃蛇と相対するアリスの胸中には、ある感情が鎮座していた。

それは、逃げたいという感情ではなく。

恐ろしい、という感情でもなく。

――このモンスターを放置したら、誰かが危険な目に遭うかもしれない。

強い意志が、アリスの戦意を滾らせた。

「アリス、聞け」

エクスゼールが、アリスに耳打ちする。

「私の《接空》は、移動先の座標を最低一度は視認する必要がある。それさえ満たせば、あとはどれだけ距離があろうと自由に転移できるが……今、《龍冠臓剣》が落ちた地下は暗闇に包まれている。残念だが、私の力で飛ぶことはできん」

エクスゼールは、足元の大穴を見つめて言った。闇は深く、《龍冠臓剣》は見えない。

「だから、貴様があの蛇を引き付けろ。その隙に私が直接拾いに行く」

エクスゼールが有無を言わせぬようアリスを睨んで言った。しかし、

「そ、それは……保証、できません」

「なんだと？」

苛立ちを露わにするエクスゼールに、アリスは震えた声で答える。

「あの、モンスターは……多分、とても強いので……」

アリスがそう答えた瞬間だった。

廃蛇が、その巨大な図体《ずうたい》に似つかわしくない速度で尾を薙いだ。

アリスは軽やかな身のこなしで跳躍して避け、エクスゼールは咄嗟に黒い霧を出して、少し離れた場所に移動する。

「マズい……周りにいるモンスターたちも、動き出した」

廃蛇によって集められた無数のモンスターが、アリスたちに牙を剝く。

たった四人しかいないアリスたちは、あっという間に包囲され、逃げ場を失った。

「く……っ!?」

フィリアが逃げ遅れ、巨大な蟻型《ありがた》のモンスターに押し潰されようとしていた。

「——《白咲》ッ!!」

咄嗟にアリスがフィリアの前に立ち、《雪宗》のスキルを発動する。

雪が舞い、辺りにいるモンスターたちが白い華に斬り裂かれた。

だが同時に、アリスは横合いから肉薄していた蜥蜴型《とかげがた》のモンスターに肩を嚙まれる。

「アリス!?」

「だ、大丈夫、です……」

アリスはすぐにモンスターを斬り、後退したが、その肩からは血が流れていた。

フィリアがすぐにアリスのもとへ駆けつけ、《浄化と癒やしの天秤》で治療する。

治療に関する魔法や特殊武装は、使用者の医療知識によって効果を増す場合が多い。《浄化と癒やしの天秤》もその例に漏れず、傷の具合や位置を正確に把握することで効果を増す。だからフィリアは施療院で働き、医療知識を身に付けたのだ。

「廃蛇と、この大量のモンスターを……同時に相手取るのは危険だ」

治療中の二人を守るように、キルヒが斧を構えながら言った。

「そもそも……俺たちだけで、この大量のモンスターを倒すのは難しい。……だが、廃蛇が呼び寄せたモンスターなら、廃蛇を倒すことで消えるかもしれない。……ここは、廃蛇を倒すことに集中するべきだろう……」

「ですが、集中するといっても、周りにいるモンスターも無視できませんよ」

「ああ。……だから、この大量のモンスターは、誰かが囮《おとり》になって引き付けるしかない……」

フィリアの発言に、キルヒは神妙な面持ちで頷いた。

問題は誰が囮になるかである。

廃蛇を倒すならアリスの力は必須だろう。よってアリスは囮になれない。

キルヒは足の速さに難がある。仲間の盾になったり、高火力の一撃を放ったりするのは得意だが、すばしっこさが必要になる囮には向かないだろう。

残りは、フィリアとエクスゼールだが……。

エクスゼールはやらない。――やるわけがない。この男はあくまで組織の命令で動いているだけだ。危険な役割を負うわけがない。

「――私が、囮になります」

フィリアが、決意を露わにした顔つきで言った。

「で、でも、それは……」

「アリス」

不安そうなアリスに、フィリアは強い意志を感じさせる声音で言った。

「学生時代、私も冒険者として活動していたことは知っていますね？」

「え？　は、はい。知ってます、けど……」

「なのに私は、貴女も同じように冒険者として活動していることに、全く気づいていませんでした。……私はそれを、とても後悔しています」

フィリアは、申し訳なさそうに続けた。

「私は、貴女が冒険者になれるなんて、微塵も思ってなかったんです。だから私は、貴女のことは冒険に誘わなかったし、放課後すぐ帰る貴女を見ても、何も疑問に感じませんでした。友人なのに……幼馴染みなのに、私は心のどこかで貴女のことを見下していたんですよ。それどころか、貴女の存在を差し置いて、私たちは学校の中で一番優れた冒険者なのだと、驕《おご》っていた時期すらあります」

唇を噛むフィリアに、アリスは何と言っていいのか分からなかった。

アリスとフィリアは同じ学校に通い、そして同じ時期に冒険者としても活動していた。しかし、アリスはフィリアの活動を知っていたが、フィリアはアリスの活動を知らなかったのだ。

フィリアは、放課後になったらすぐに帰るアリスを、ただの内気な人間だとしか思っていなかった。アリスは冒険者に向いていない。きっと終生大人しく過ごすのだろうと、勝手に予想していた。――あまりにも的外れで、傲慢な予想だった。

「強く、後悔しています。人を見た目で判断し、関心すら抱けなかったことを。……貴女のことを、信じていなかった過去の自分を」

フィリアは罪悪感に苛《さいな》まれた顔で言う。

「だから、どうかやり直すチャンスをください」

そう言ってフィリアは、真っ直ぐアリスを見据えた。

「私は、今度こそアリスを信じます。…………貴女なら、廃蛇を倒してくれるでしょう？」

フィリアは柔和な笑みを浮かべて言う。しかし、その身体は微かに震えていた。

本当は怖いのだ。それでも、アリスを信じると彼女は決めた。

その決意を、アリスは否定できなかった。

「はい……っ!!」

涙ぐみながらアリスは頷く。

すぐにアリスとフィリアは二手に分かれた。アリス、キルヒ、エクスゼールの三人は廃蛇を倒すことに集中する。フィリアは単身、少しでも多くのモンスターを引き付ける。

疾駆するアリスは、エクスゼールがどさくさに紛れて姿を隠していることに気づいた。

構わない。

あの人が言ってくれた……もう余計なことは考えなくていい、と。

「アリス……俺が盾になる」

廃蛇と相対しながら、キルヒは言う。

「だから、もう……防御も回避も、考えなくていい」

「はいっ!!」

仲間の信頼を背負って、アリスは廃蛇へと接近した。

廃蛇は鎧のような外殻を纏っている。だが、よく見れば隙間が幾つかあった。アリスはその隙間に向かって次々と斬撃を放つ。

液状化した斬撃が、外殻の隙間を通って廃蛇の肉体を裂いた。

蛇の尾が振り下ろされる。だがアリスは無視して刀を振り続けた。

キルヒがアリスの頭上に跳躍し、降ってくる尾を斧で弾く。

「速く……」

アリスは肉眼では捉えられない速度で刀を振るう。

「もっと、速く……ッ!!」

こうしている間にも、フィリアは単身でモンスターと戦っているのだ。

少しでも速く、廃蛇を倒さなければならない。

雑音が聞こえなくなる。世界から余計な色が消える。

極限まで研ぎ澄まされた集中力で、アリスは廃蛇の腹を斬り、尾を刺した。血飛沫が地面に落ちるよりも早く、純白の刀が廃蛇の身体を裂く。

その時、廃蛇が大きく顎を開き、その口腔《こうこう》から大量の唾液を撒き散らした。

唾液が地面に触れると、地面は細かな塵と化し、紙吹雪のように宙へ舞う。

「ぐ……う、お……ッ!?」

キルヒが《成敗斧》を盾にして、廃蛇の唾液からアリスを守る。

斧が白く変色し、その直後、亀裂が走った。腐食の力が武器の内部を浸蝕《しんしょく》したようだ。

廃蛇は再び、大きく口を開いたが――。

「《白咲》……ッ!!」

アリスが斬撃を、廃蛇の口腔へと放つ。

廃蛇の口腔で雪が舞った。次の瞬間、無数の斬撃が廃蛇の口腔を裂いた。

流石に今のは効いたらしく、廃蛇は苦しそうにのたうち回る。

アリスはすぐに、追撃を試みるが――。

「え――」

いつの間にか、背後から廃蛇の尾が迫っていた。

突き飛ばされる寸前、視界の片隅に、倒れ伏すキルヒが映った。そのすぐ傍では柄が折れた斧が転がっている。武器が壊れ、戦えなくなったようだ。

「ぎ……ッ!?」

空高く弾き飛ばされたアリスは、歯を食いしばって辛うじて意識を保った。

眼下に、死を覚悟してモンスターを引き付けるフィリアの姿が見える。

大事な……自分を信じてくれた友のためにも、アリスは力を振り絞った。

「あ、ぁあぁあぁあぁぁぁぁあぁぁあ――――ッッ!!」

裂帛《れっぱく》の気合とともに、アリスは刀を振るう。

真っ白な刀から、真っ白な斬撃が放たれた。斬撃は廃蛇の頭に触れた直後、液状化し、その表皮を斬り裂く。廃蛇の片目が二つに断たれて血が舞った。

だが、廃蛇はまだ死なない。

落下するアリスは、廃蛇の尾によって地面に叩き付けられた。

もはや悲鳴すら発することができず、アリスは地下へと落ちる。

「う、ぁ……ッ」

立ち上がることが、できなかった。

意識が朦朧《もうろう》とする。心が折れる前に、身体が限界を訴えていた。

このまま下にいると、フィリアが廃蛇に狙われてしまう。それだけは阻止しなければならないと、頭では分かっているが……身体に力が入らなかった。

ふと、アリスはすぐ傍に見慣れないものがあることに気づく。

それは、龍の紋様が施された、一振りの剣だった。

「……《龍冠臓剣》」

アリスは倒れたまま、手を伸ばして剣に触れる。

その瞬間、剣から何かの意思を感じ取った。

——無念。

空虚で、暗くて、そしてとても大きな感情を剣から感じた。

理屈ではない。しかし、アリスは本能で気づく。

「廃、龍……？」

その剣には、廃龍の悔恨が宿っていた。

廃龍は——死した後、ずっと恨んでいたのだろう。

己の死骸を食い散らかし、我が物顔でこの森を支配するモンスターたちを。

「お願い、です……」

アリスは掠れた声を紡いだ。

「力を、貸してくれませんか……」

そっと、《龍冠臓剣》の柄に触れると、ドクンと剣が鼓動したような気がした。

力が湧いてくる。あと一度だけ——戦うことができそうだ。

アリスは軋む全身に鞭打って立ち上がり、瓦礫《がれき》を足場にして穴の外へ出た。

「アリスっ!!」

地下から出てきたアリスを見て、フィリアが涙目になりながら叫んだ。

穴へ落ちたアリスを目撃して、最悪の可能性を想定したのだろう。

アリスはそのまま、廃蛇の顔面へと迫った。

「《白咲》――ッ!!」

純白の刀を振るい、廃蛇の真正面に雪を降らせる。

この程度で廃蛇が倒れないことは知っている。だからこれは、本命の一撃ではない。

咲きこぼれる白い華を目眩ましにして――アリスは、もう一つの剣を宙で構えた。

「《龍よ》……《契りを結んだ隣人よ》」

その剣に宿る、龍の残滓《ざんし》に語りかけるようにアリスは紡ぐ。

「《あなたの誇りを胸に抱き》《あなたの力を剣に刻む》――」

刀身に紋章が浮かんだ。

灰色の龍の紋章――廃龍の能力が剣に灯る。

「《私は今》《あなたを振るう》――」

人智を超えた力が、剣から溢れ出していた。

「スキル、解放――――《廃龍の息吹》ッ!!」

その斬撃は、龍の息吹《ブレス》そのものだった。

かつてこの地を支配していた廃龍の息吹が轟く。それはまるで、この森を我が物顔で闊歩《かっぽ》していたモンスターたちに対する怒りだった。

荘厳な龍による嵐のような一撃は、廃蛇によって呼び寄せられたモンスターたちを一瞬で塵に変え、やがて廃蛇をも飲み込む。

巨大な蛇の肉体が、緩やかに崩壊し——やがて塵となって舞った。

一瞬で全ての脅威が去った。

これが《龍冠臓剣》の力。

これが、廃龍の力……。

「……ありがとう、ございます」

アリスは、熱を宿す剣を見て、小さな声で礼を述べた。

刀身に浮かぶ紋章が、まるで返事をするかのように点滅したような気がした。

「アリス……っ!!」

フィリアが涙を流しながらアリスに抱きつく。

「貴女は本当に……！　本当に、誰よりも勇者に相応しい……っ!!」

「フィ、フィリアさん……苦しい、です……っ」

アリスの顔がフィリアの胸に埋まった。

息苦しいが……突き放すことはできない。

アリスは顔を逸らし、泣きじゃくるフィリアの背中をさすった。

「おめでとう、アリス……お前が勇者だ」

「キルヒさん……っ」

アリスの涙腺が緩む。

ようやく、少しずつ——やり遂げたのだという達成感が去来した。

しかし、まだ終わっていない。

「さて、では帰還しよう」

エクスゼールが軽く手を叩き、注目を集めた上でそう言った。

どこからか現れたその男に、キルヒは怪訝な顔をする。

「エクスゼール……お前、今まで何処にいた……」

「細かいことは気にするな。……お前も知っているだろう？　元より私の力は、どちらかと言えば戦闘に不向きなものだ」

「だとしても……」

納得いかない様子で、キルヒはエクスゼールを睨んだ。

だがそんなキルヒを他所に、エクスゼールは悠然とアリスに近づき、笑みを浮かべる。

「アリス、《龍冠臓剣》を渡したまえ」

エクスゼールは、当たり前のように言った。

「もう体力も残っていないだろう？　《龍冠臓剣》は、私が管理する」

もっともらしいことを言いながら、エクスゼールはアリスを睨み付ける。

口元では笑みを作っていても、その目は正直だ。逆らえばどうなるか分かっているな？　そう暗に告げられる。

アリスは恐怖に身体を震わせた。

しかし、泣きそうな顔になりながらも、アリスは睨み返す。

「い、いや、です……」

「……なに？」

まさか拒絶されるとは思わなかったのか、エクスゼールが目を見開く。

「《龍冠臓剣》は、渡しません……」

はっきりと、アリスは拒絶の意思を示した。

「アリス、貴様――」

「わ、私は、もう……貴方には、従いません」

恐怖に抗いながら、アリスは言った。

「アリス……？」

「……何の、話だ？」

フィリアとキルヒが、アリスの様子を不思議に思う。

「言って、くれたんです……あの人は、全部なんとかしてくれるって……自分が、正しいと思うことを、してくれって……」

アリスは、エクスゼールを真っ直ぐ睨んだ。

「だから、私はもう……貴方には、屈しません……っ！」

弱々しく震えた声でアリスは告げる。

そんなアリスに、エクスゼールは心底鬱陶しそうな顔をした。だが、フィリアとキルヒが傍にいることを思い出し、すぐに平静を装う。

「少し混乱しているようだな。……その得体の知れない剣の影響かもしれん。やはり、それは私が預かっておこう」

エクスゼールがゆっくりとアリスに近づいた。

アリスも、フィリアも、キルヒも、もう一歩も動けないほど身体が重い。

「助けて……」

アリスは、きゅっと目を閉じる。

勇者リンは言っていた。助けてと、ただ一言伝えるだけでいい。それだけで、その男は何処にいても助けてくれるのだと――。

「ネットさん……助けて、くださいっ‼」

そこにいるはずがない人の名を、アリスは呼んだ。

「――任せろ」

聞こえるはずのない返事が聞こえた。

◆

辛うじて間に合った、という表現が正直なところだろう。

他の受験生たちの避難誘導を終えて、廃龍の巣の中心に辿り着いた俺は、すぐにアリスたちを発見した。

アリスの手にはエーヌビディア王国の国宝《龍冠臓剣》がある。

見れば分かった。……アリスは、勇者の座を手にしたのだ。

「任せろ……？　今、任せろと言ったのか……？」

エクスゼールは、怪訝な顔で俺を見た。

「エクスゼール＝サリバン。悪いが、アリスはもうお前の支配下ではない」

苛立ちとともに訊いたエクスゼールに、俺は淡々と告げた。

「キルヒやフィリア、そしてアリスの家族を人質に取っているようだが、全て無駄だ」

「ふは……くははっ！　一介の面接官如きが、ふざけたことを言う！」

エクスゼールは腹を抱えて笑った。

「どうやら貴様は、私のことを知っているようだな。……だが、貴様が私にできることなど何一つない」

エクスゼールは、あからさまに俺を見下す。

それから、エクスゼールは地べたに座り込むアリスを睨む。

「アリス。私に逆らった罰だ……まずは貴様の家族を殺してやる。……そのあと、ここにいるキルヒとフィリアも殺してやろう。最後に残るのは私と貴様の二人だけだ。それ以外は、モンスターに食い殺されたと報告すればいい」

エクスゼールは本性を露わにして、下卑た笑みを浮かべた。

そんなエクスゼールに、俺は動じることなく告げる。

「やってみろ」

その反応は予想外だったのか、エクスゼールが一瞬、目を丸くする。

だが、すぐに口角を吊り上げた。

「ああ——言われなくてもやってやるさ」

エクスゼールの黒い腕輪から漆黒の霧が生まれる。

エクスゼールはすぐにその霧の中に入り、姿を消した。

「ネ、ネット、さん……」

「心配するな」

アリスが不安げな顔で見つめてきた。

エクスゼールは今、アリスの家族のもとへ移動し、殺そうとしているのだろう。

だが、何も恐れる必要ない。

「アリスは、俺を信じてくれたからな。……なら俺は、必ずその思いに応えてみせる」

そう言って俺は、ポーチの中から黒い仮面を取り出した。

特殊武装――《孤独な仮面舞踏会》。

この仮面の効果は二つある。

一つは変装だ。仮面を装着すれば、顔を隠すのは勿論、服装も自在に変化させられる。

そしてもう一つは、複製だ。

この仮面は無限に増やすことができる。複製版はオリジナル版と違って、仮面の形や服装は指定できないが、それでも装着すればちゃんと変装することができる。

俺は複製した仮面を、既に複数の人物に渡していた。

この仮面と組み合わせて使うものを、俺はポーチから取り出す。

それは通常とは異なる、赤い通信石だった。

機能自体は普通の通信石と変わらない。けれど俺はこれを、特別な時だけ使っていた。

赤い通信石に登録している連絡先は、全員、俺が仮面を渡した相手だ。

通信石を起動した俺は、登録している知り合いの全員を対象に、通信を開始する。

そして俺は、赤く発光する石に向かって宣言した。

「――『変幻王《へんげんおう》』を発動する」

◇

エクスゼールの特殊武装《接空》は、視認した空間を座標に設定することができる。

一度指定した座標には、いつでも自由に転移することが可能だ。勇闘祭では戦闘中に敵の背後へ転移したが、座標の指定はリアルタイムでなくてもいいため、過去に指定した座標へも自在に転移することができる。

エクスゼールは、アリスの家族が住んでいる街へ転移した。

こんな時のために、エクスゼールは常にダガーを数本携帯している。アリスは極めて強い冒険者だが、その両親は凡庸だ。簡単に殺せるだろう。

（手放してなるものか……）

標的を探しながら、エクスゼールは欲塗《よくまみ》れの笑みを浮かべた。

（アリス……貴様は最高の傀儡だ……っ！）

あれほど強い配下は、二度と手に入らないだろう。

あの少女さえいれば、永遠に甘い蜜を吸える。

黒々とした感情でダガーを握り、エクスゼールが歩いていると——。

「——お前が、エクスゼールだな？」

不意に、声を掛けられた。

振り返ると、そこには黒い仮面をつけた男がいた。灰色の外套で体形が隠れているため、年齢や性別の区別がつきにくい。恐らく声で男だろうと判断する。

「だ、誰だ、貴様は……っ!?」

「俺か？」

仮面の男が、笑ったような気がした。

「俺は——『変幻王』だ」

そう言って、男は背負っていた大剣を横に薙いだ。

突然の攻撃に、エクスゼールは驚愕しながら飛び退く。

「『変幻王』……だと？　あの、『七耀の流星団』の冒険者が、どうしてここに……ッ!?」

困惑するエクスゼールに、男は一瞬で肉薄した。

「く——っ!?」

僅かな応酬で、彼我の差を察する。

この男はとんでもなく強い。

(も、もし本物の『変幻王』なら……勝ち目はないッ!!)

エクスゼールは冷や汗を垂らした。なにせ『七耀の流星団』は、世界最強の冒険者パーティである。そのメンバーである『変幻王』は、あらゆる戦術を可能とする万能の達人だ。仮面と外套で姿を隠し、一言も喋らないことでも有名である。

そんな人物と鉢合わせするなんて、思ってもいなかった。

すぐに《接空》を発動して、エクスゼールは逃げる。

エクスゼールは、別の街へ転移した。

「……ちっ、随分と遠くまで逃げてしまった」

恐怖のあまり、別の国まで逃げてしまった。

人の気配が少ない静かな街だった。……当然である。この街は今、深夜だ。エーヌビディア王国は真昼だが、エクスゼールはそれほど時差のある国へ移動してしまったのだ。

「はじめまして、エクスゼールさん」

唐突に――また誰かに声を掛けられた。

「なっ!?　そんな、馬鹿なっ!?　どうして貴様がここに――っ!?」

そこにいたのは、黒い仮面と灰色の外套を身に付けた人物だった。

どうして『変幻王』がここにいるのか、エクスゼールは疑問に思ったが――。

「ち、違う……別人、か……？」

「あら、何か疑っているようですね」

連続で比較できたからこそ、気づけた事実。体形が、僅かに違う。

それに声が確実に違っていた。今回は女性だ。

「でも、私も――『変幻王』ですよ」

ドスン！　と強烈な音とともに、エクスゼールの眼前で何かが振り下ろされた。

それは巨大な鎌だった。目にも留まらぬ速さで振り下ろされた鎌の刃は、硬い石畳の地面に深々と沈んでいる。

「あ、ひ、ぁ……ッ!?」

またしても、一瞬で彼我の差を察する。

勝てない。エクスゼールはすぐに黒い霧を出し、また他の場所へ転移した。

照りつける太陽が眩《まぶ》しい、灼熱《しゃくねつ》の砂漠にある街だった。気温の変化によって、エクスゼールはすぐに汗を垂らす。ジリジリと、日の光が身体を焼いていた。

「あっ！　見つけたよ、エクスゼール!!」

また、同じように声を掛けられる。

振り向くと、黒い仮面と灰色の外套を身に付けた人物がそこにいた。

今度は子供の体形だ。声は少女のものである。

「な、なんなんだ……っ!? 貴様は、何者なんだッ!?」

「アタシ？」

明るい声音で、少女は言った。

「アタシは――『変幻王』だよ」

少女が指を鳴らす。

嫌な予感がした。本能でその場から飛び退くと、先程までエクスゼールが立っていた場所が途端に爆発した。恐ろしい威力の魔法だ。

エクスゼールは、また他の場所へ転移する。

(なんだ、これは……？ 何が起きている……ッ!?)

混乱は増すばかりだった。

そもそも何故、自分は『変幻王』に狙われているのか。

どうして行く先々で『変幻王』を名乗る者が現れるのか。

賑やかな歓楽街に現れたエクスゼールは、路地裏へ移動する。その頭の中では、少しずつ情報が噛み合っていた。

かねてより、『変幻王』は有り得ないほど武術も魔法も使いこなしていた。人の一生でそれだけの技術を身に付けるなんて、不可能ではないかと思ったこともあるが……『変幻王』の正体が、複数の達人の集合体だとしたら合点がいく。

もしも『変幻王』の正体が、複数の達人ならば——必ずいるはずだ。

全ての『変幻王』を纏める、リ、ー、ダ、ーが。

「おい、いたぞ」

背後から声が聞こえる。

「ったく、人が気分よく酔ってるってのに、あいつときたら……」

「とかなんとか言いながら、ノリノリで武器用意してんじゃねぇか」

「るっせ。ここ最近、退屈だったからな。気晴らしに付き合ってるだけだ」

二人の人物が、会話しながらエクスゼールに近づいていた。

「あ、あぁ……っ⁉ まさか、お前らも……」

怯えるエクスゼールに、二人はそれぞれ剣と槍を構えた。

「俺たちも——『変幻王』だ」

エクスゼールは攻撃されるよりも早く、他の場所へと転移した。

だが、何処に行っても変わらない。

「アンタがエクスゼールか」

「ひぃ……ッ⁉」

どの街に行っても必ずいる。

「君がエクスゼールだね」

「う、あ──ッ!?」

どこに隠れても必ず見つけられる。

まるで──世界を敵に回してしまったかのような感覚だった。

「あああぁあああぁああ──ッ!?」

もう逃げ場はない。思いつく全ての座標に転移すると、その全てに『変幻王』はいた。

エクスゼールは、再び廃龍の巣へ転移する。

「お、帰ってきたな」

「はぁ、はぁ、はぁ……っ！　く、くそぉ……っ!!」

まるでこうなることが分かっていたかのように、平然と告げるネット。

対し、エクスゼールは気が狂いそうなほど混乱していた。

「随分と酷い目に遭ったようだな、エクスゼール」

蹲るエクスゼールの背後から、誰かが声を掛ける。

振り向けば、案の定、そこにいたのは仮面と外套の人物だった。

その人物は、光り輝く剣を持っている。

「そ、そ、そ……その、剣、は……っ」

「ん？　……ああ、そうか。確かにこれは目立つな」

失敗したか、とその人物は小さく呟き、仮面を外す。

外套が消えて、その人物の正体が明らかになった。

端整な顔立ちの……見覚えのある女性だった。

「十二代目『変幻王』、レーゼ＝フォン＝アルディアラだ。……この肩書を口にするのは久しぶりだな」

特殊武装《栄光大輝の剣》を握るレーゼは、エクスゼールの前に立ちはだかる。

そんなレーゼの背後では、ネットが暢気に佇んでいた。

その様子を見て、エクスゼールは直感する。

「貴様、か……？」

震えた声で、エクスゼールは言う。

「貴様、なのか……？　全部、貴様のせいなのか……ッ!?」

何故そう思ったのかは分からない。

この男が単に、『変幻王』に依頼しただけという可能性もある。

だが、認めたくないが、この男には出会った頃から何かを感じていた。

それは、百戦錬磨の猛者だけが纏うことを許される――強者の貫禄だった。

「確かに、俺自身にできることなんて、何もない」

ネットは、ポーチの中に手を入れながら言う。

「でも、皆の力を借りれば――俺は何でも、できる」

そう言ってネットは、ポーチの中から仮面を取り出し、エクスゼールに見せた。

「はじめまして。初代『変幻王』の、ネット＝ワークインターだ」

ネットは、不敵な笑みを浮かべて告げる。

「貴様さえ……」

蹲るエクスゼールは、怒りと混乱を声に乗せて吐き出した。

「貴様さえ、いなければぁあぁあぁあぁ――ッ!!」

理性を失ったエクスゼールが、ダガーを握り締めてネットに襲い掛かる。

だが、エクスゼールはネットの眼前で――レーゼに叩き斬られた。

◆

目の前で、呆気《あっけ》なく絶命した男を見て、俺はほんの少しだけ肩の力を抜いた。

すぐに赤い通信石を取り出し、仲間たちに連絡を入れる。

「『変幻王』を解除する。……協力してくれてありがとう」

皆にはまた今度、改めて礼をしよう。

本来、『変幻王』は人前で姿を見せず、更に声も出すことはない。だからその正体が複数の

人間であると気づかれることも滅多になかった。

俺は『七耀の流星団』として活動していた頃、冒険をする度に、その冒険に最も適した仲間を一人呼び、その人物を『変幻王』としていた。

だから俺にとって『変幻王』とは、かつての冒険の仲間であり、人脈を武器とする俺の生き様そのものでもあった。突然の発動にも拘わらず、多くの仲間たちが応じてくれた。かつて築いた繋がりが、今も健在であることを強く実感する。

これこそが、俺が育んできた唯一無二の力だ。

俺にはこれしかない。

けれど、これさえあれば、俺は何でもできる。

「無事、一件落着だな」

レーゼが鞘に剣を納めながら言う。

「ああ、後は王都に帰るだけ――」

安堵に胸を撫で下ろし、アリスたちの方へ振り向いた、その瞬間。

頭上から、何者かが降ってきた。

「――ッ!?」

遥《はる》か上空から降ってきたその男は、俺は勿論、レーゼの警戒すら掻い潜って現れた。激しい地響きが身体を揺らし、巻き上がる砂塵が視界を塞ぐ。

傍にいたレーゼが、剣を思い切り横に薙いだ。

爆風が生まれ、砂塵を吹き飛ばす。

「おー……なるほどな。エクスゼールの野郎、しくじったか」

黒い衣服に身を包んだ、一人の男がそこにいた。

盛り上がった筋肉に、肉食獣のような獰猛な双眸《そうぼう》。凶暴なオーラを纏うその男は、エクスゼールの死体を見た後、視線を俺の方へ移した。

「ん？　おいおい、『変幻王』がいんのかよ。まいったな……リーダーに怒られるか？　いやでも急げって言われたしなぁ……仕方ねぇか」

後ろ髪をがしがしと掻きながら、男は溜息を吐く。

「何者だ？」

レーゼが剣を構えながら訊いた。

男は、不敵な笑みを浮かべる。

「ナイン＝ユグドラシル。そう言えば、伝わるか？」

ゾワリ、と全身が総毛立った。

動揺を悟られないよう平静を装う。しかしこの心境はレーゼも同じだろう。

アムド帝国に巣食う闇――ユグドラシル。非道な人体実験を繰り返しているという噂が絶えず、深入りした者が次々と変死する、関わってはならない組織である。

目の前の男は、その組織の人間らしい。

しかも、俺の記憶に間違いなければ――。

ナイン＝ユグドラシルは、人類最強ランキングの29位だ。

龍化したルシラよりも……レーゼよりも強い。

「そう警戒すんな。今回は状況把握のために来ただけだ。《龍冠臓剣》は欲しかったが、下手に大暴れして目立つわけにもいかねぇしな」

ユグドラシルは、権力と兵力を持ち合わせているわりには、目立つことを避けている。まるで世界を裏から操っているかのような不穏な気配はあるが、暴虐の限りを尽くすような組織でないことは不幸中の幸いだった。

「それに……『変幻王』。てめぇとは、なるべく敵対したくねぇんだよ。うちのリーダーが、妙な親近感を持っているからな」

イマイチ意味の分からないことを言われた。

「ナイン＝ユグドラシル。……取引をしないか？」

俺は、ナインに提案する。

「お前がどういう事情で、ユグドラシルに身を置いているのかは分からない。だが、何か目的があるなら俺が全力で手伝おう。その代わりにユグドラシルの情報を教えてほしい」

真剣な面持ちで告げると、ナインは微笑した。

「お優しい取引だな。……ソイツが、うちのリーダーとの違いか」

言外に拒否される。

だが、ナインはどこか上機嫌に笑った。

「面白《おもしれ》ぇもんだな。うちのリーダーと同じ武器を持っているくせに、うちのリーダーとはまるで違う使い方をしている」

さっきから……この男は何を言っているんだ。

「リーダーがいつも言ってたぜ」

ナインは、興味深そうに俺を見据えながら告げた。

「何故、脅さない？」

「何故、騙《だま》さない？」

ナインは、面白そうに——。

どこか、不思議そうに。

「何故、ズルをしない？」

心底理解できない様子で、ナインは告げる。

……偶然だろうか？

俺は人脈を武器として扱う際、脅迫・詐欺・不正の三つを禁じている。ナインの言葉は、そんな俺の個人的な制限を見透かしているように聞こえた。

その三つを的確に言い当てられる人間の正体なんて、一人しか思い浮かばない。

そいつは俺の、武器に対するポリシーを完全に理解しているのだ。

だから、そいつは間違いなく——俺と同じ武器を持つ人間だ。

「お前は力の使い方を間違っている」

ナインは、そいつの言葉を俺に伝える。

「人脈とは——人を恐怖で支配する武器だ」

それは俺にとって、理解できない——する気もない言葉だった。

この世界には、俺と全く同じ武器と、真逆の価値観を持つ人間がいるらしい。

「ってなわけで、そろそろ俺は退散させてもらうぜ。回収するもんも回収したしな」

そう言ってナインは、黒い腕輪を俺たちに見せた。

エクスゼールの特殊武装《接空》だ。ナインはこれを回収したかったらしい。

レーゼと俺は顔を見合わせる。

この状況、ナインを捕縛するのは不可能だ。ナインはレーゼよりも、龍化したルシラよりも強い。アリスたちも今は疲労困憊で戦えない。

「あー……それと、念のため忠告しとくぜ」

立ち去ろうとしたナインは、最後に俺の方を一瞥する。

「俺たちが今まで、お前と距離を置いていたのは、リーダーがお前と棲み分けを図りたかったからだ。だが、今後も今回のように、お前が俺たちの領域を侵すようなら――」

ナインの瞳がスッと細められる。

「――その時は、相手になるぜ」

強靱な闘志を示したナインは、次の瞬間には高く跳躍し、その姿が見えなくなった。

エピローグ

エーヌビディア王国は、アリスたちを新たな勇者パーティに迎えた。

最終試験の結果は瞬く間に国中へ伝えられた。想定外の事態が生じたが、幸いにもエクスゼール以外の受験生に死者はいない。後遺症が残る怪我をした者もいなかった。

そして、結果が発表された翌日。

『これより——勇者パーティ誕生祭を、開催するのじゃっ！』

ルシラのアナウンスとともに、王都は華やかに賑わった。

「勇者アリス、万歳！」

「万歳！」

アリスのパーティは王族御用達の馬車に乗り、近衛騎士たちに守られながらゆっくりと王都を行進した。国民たちは、勇者パーティの顔を一目見たくて馬車に近づく。

フィリアは親しげに手を振っていたが、キルヒはどこか慣れない様子だった。それでも、慣れないなりに手を振ったり笑みを作ったりして、友好的に振る舞っている。

問題はアリスだった。衆目に曝されることが苦手なのか、アリスは主役の立場であるにも拘わらず、終始地蔵のように固まっていた。

なんていうか、個性的な勇者だな。

そんな言葉が人集《ひとだか》りの中から聞こえた時、アリスは涙目になっていた。

やがてアリスたちを乗せた馬車は、王城の手前に停《と》まる。

国民たちへの挨拶はこれで終わりだ。肩の荷が下りてリラックスしたアリスたちは、王城の庭園に入り、そこで催されている食事会に参加する。

「お疲れ。頑張ったな」

「は、はいぃ……頑張り、ましたぁ……」

アリスは最終試験の後よりも疲れた顔をしていた。

その華奢な背中には、一振りの剣――《龍冠臓剣》があった。この武器は今後、アリスにとって勇者の象徴となるだろう。

「腹も空いただろう。向こうに沢山料理があるから、行ってくるといい」

そう言うと、アリスは上目遣いで俺の顔を見る。

「あ、あの……ネットさんも、一緒に食べに行きませんか？」

「ん？　まあ、構わないが」

俺もそろそろ食事をしたかったところだ。

食事会には、受験生たちも多く参加している。俺はアリスとともに、赤髪のアレックや風の踊り子ミレイたちと挨拶を交わしながら食事を楽しんだ。

「ネ、ネットさん。これ、とても美味しいですよ……っ！」

「お、じゃあ俺も食べてみるか」

アリスがオススメの料理を紹介してくれたので、俺もその料理を取りに行く。

そんな俺たちのやり取りを、フィリアとキルヒが背後で見つめていた。

「……懐きましたね」

「……懐いたな」

二人の生暖かい視線が居たたまれない。

なんだか小動物に懐かれているような気分だった。

「順調に馴染んでいるようじゃの」

食事を楽しんでいると、横合いから少女の声が聞こえた。

「で、でで、殿下……っ!?」

いち早くアリスが反応する。

緊張のあまりコップを落としそうだったので、下からこっそり支えておいた。

「水を差すようですまぬが、お主たちを勇者パーティとして正式に派遣するには、もう少し時間がかかるのじゃ。それまでは引き続き王都に滞在してもらうことになるが、注目を浴びているゆえ、羽目を外しすぎないよう注意してほしいのじゃ」

「は、はい……っ！」

フィリアとキルヒも頷く。

「それと……本当にこの三人で足りるのかどうかは、改めて検討するべきじゃな」

ルシラがアリス、フィリア、キルヒの三人を見て言った。

そう——エクスゼールが消えた今、アリスのパーティは三人構成となってしまった。

「正直、不安が残りますね」

「ああ。エクスゼールを、許すつもりはないが……あの男が戦力だったのは否定できない」

最終試験の後、フィリアとキルヒには、エクスゼールの正体について説明した。二人は、アリスが置かれていた状況を知り、エクスゼールに対する怒りと、アリスの異常に気づけなかった自分に対して後悔を抱いた。

特にフィリアは、学生の時もアリスの活動に気づいていなかったらしく、話をした直後は相当凹《へこ》んでいたが、今の様子を見る限り、なんとか持ち直してくれたらしい。自身の失態は今後の成果で払拭してみせるという覚悟の表れだろう。

「当分は、一時的な穴埋めを用意するとして……問題は誰にするかじゃな」

ルシラは顎に指を添えて考える。

その傍で、メイルがポツリと呟いた。

「ネットみたいな人物がいれば、万事解決だが……」

「……ん？」

メイルの何げない発言に、全員が注目した。

「あ、いや、ただの思いつきだが……ネットなら実績も十分だし、見たところアリスたちにも信頼されているだろう？」

一斉に視線を注がれ、メイルはやや申し訳なさそうな顔をする。

だが、ルシラたちは真面目な面持ちでメイルの話を聞き、

「うむ……ネットか。それは妙案じゃな！」

何一つ不安を感じていない、明るい声音でルシラは告げた。

「いや、あのな……勇者パーティだぞ？　穴埋めとはいえ、そんな簡単に――」

「ネット」

引き攣った笑みを浮かべる俺に、近くで食事をしていたレーゼがこっそり耳打ちした。

「ユグドラシルは、《龍冠臓剣》を狙っていた。奴らのことを探るなら、アリスたちとともに行動するのは悪くないかもしれんぞ」

その意見には、一理あった。

ナイン＝ユグドラシルから語られた、ユグドラシルのリーダーの言葉は今も耳にこびりついている。……ユグドラシルのリーダーは何を考えているのか。一体、俺のやり方に何を感じて

いるのか。警戒心だけでなく、純粋な興味がある。

この世界には、俺と同じやり方で戦っている人間が、いるのかもしれない。

「それに、お前ほど頼もしいメンバーは他にいないだろう。『星屑の灯火団』も、『七燿の流星団』も、お前が中心となった冒険者パーティは目覚ましい活躍をしている。……アリスたちのことを大切に思うなら、お前が適任だろう」

過大評価が過ぎる。

長々と耳打ちしたレーゼに、フィリアとキルヒは不思議そうに首を傾げた。ルシラとメイルの二人は、レーゼが何を話しているのかなんとなく察している様子である。

「あ、あ、あの！　わ、私は……ネットさんと一緒に、冒険してみたいです！」

アリスが、顔を真っ赤に染めて言った。

勇気を振り絞ったのだろう。アリスは微かに潤んだ瞳で、真っ直ぐ俺を見つめた。

これを断れるほど、俺は薄情者ではない。

「……分かった。それじゃあ、よろしく頼む」

ぱあっ、と嬉しそうに笑みを浮かべるアリス。

その顔を見ることができた時点で、とりあえず、俺は自分の選択が正しかったと思った。

勇者パーティの穴埋めは重責だが、冒険自体には慣れている。

さて――次は誰を頼ろうか。

あとがき

坂石遊作（さかいしゆうさく）です。

この度は本書を手に取っていただきありがとうございます。

本作は人脈を武器に戦う主人公のお話です。

主人公は無力であるが故に、他人に頼ることの偉大さを知りました。一巻同様、二巻でも主人公は新たに人脈を築いたり、今まで築いた人脈を駆使して戦ったりします。

主人公のネットは今回も色んな人と繋がりを持ちますが、現実の方はコロナ禍の影響で、あまり人と繋がれない状態です。二巻の原稿を書きながら少しそれを実感しました。特に今年の夏は雨が多かったこともあり、例年より退屈な日々を過ごしていました。今年は海にも山にも夏祭りにも花火大会にも行っていません。

元々、僕はそんなにイベントへ参加するタイプではありませんが、たとえ参加していなくても、近所でイベントが開催されることで夏を実感していたみたいです。例えば、僕は外が暗くなった頃、たまに走りに行くことがあるんですが、その途中で通りかかった神社で夏祭りをやっているのを見て「ああ、そういえば今は夏か」と気づくのが毎年恒例のことでした。

風物詩を目にしないのは存外寂しく感じました。

ただ一方で、なんとなく今年の夏はスケジュールが空きそうだなと予想できていたため、思いっきり仕事に打ち込むことができました。これはこれで充実感がありましたので、いい夏を過ごせたのかなと思います。たまにはこういう一年があってもいいかもしれません。

来年は気兼ねなく人と会えるような夏になることを期待しています。

本作の主人公ネットも、人と会えない日々が続いたら何をするのか……いつかそんな話も書いてみたいです。


【謝辞】

本作の執筆を進めるにあたり、編集部や校閲など、ご関係者の皆様には大変お世話になりました。Ｎｏｙ先生、今回も美麗なイラストを作成していただきありがとうございます。一巻の時も思いましたが、各キャラの服装がとてもお洒落かつキャラの特徴に合っていて感動しています。表紙のアリスとセレン、とても可愛いしかっこいいです！

最後に、本書を手に取っていただいた皆様へ、最大級の感謝を。

Character Design

人脈チートで始める人任せ英雄譚のキャラクターデザインを紹介！

レーゼ=
フォン=アルディアラ
アイリス=
インテール
ルシラ=
エーヌビディア
メイル=
アクセント

Character Design

緑影の
フゼン
赤髪の
アレック
風の踊り子
ミレイ
鉄火槍の
フィーナ

Character Design
キルヒ=
アイゼン
フィリア=
マーレイ
エクスゼール=
サリバン

Character Design

Character Design：Noy

電撃の新文芸

人脈《じんみゃく》チートで始《はじ》める人《ひと》任《まか》せ英《えい》雄《ゆう》譚《たん》2

著者／坂《さか》石《いし》遊《ゆう》作《さく》
イラスト／Noy《ノイ》

2021年11月17日　初版発行

発行者／青柳昌行
発行／株式会社ＫＡＤＯＫＡＷＡ
〒102-8177　東京都千代田区富士見2-13-3
0570-002-301（ナビダイヤル）
印刷／図書印刷株式会社
製本／図書印刷株式会社

【初出】……………………………………………………………………………………
本書は、小説家になろう（https://syosetu.com/）に掲載された
『人脈チートで始める人任せ英雄譚 ～国王に「腰巾着」と馬鹿にされ、勇者パーティを追放されたので、他国で仲間たちと冒険することにした。勇者パーティが制御不能で大暴れしてるらしいけど知らん～』を加筆、修正したものです。

ISBN978-4-04-914049-1　C0093　Printed in Japan

ファンレターあて先
〒102-8177
東京都千代田区富士見2-13-3
電撃の新文芸編集部

「坂石遊作先生」係
「Noy先生」係